ALÉM DAS CORTINAS

Rosimêre Fonseca de Moura

ALÉM DAS CORTINAS

1ª Edição
POD

Petrópolis
KBR
2013

Edição de texto **Noga Sklar**
Editoração **KBR**
Capa **KBR**

ISBN: 978-85-8180-088-2

KBR Editora Digital Ltda.
www.kbrdigital.com.br
www.facebook.com/kbrdigital
atendimento@kbrdigital.com.br
55|24|2222.3491

B869.3 - Contos brasileiros

Rosimêre Fonseca de Moura é carioca da gema. Nasceu na Boca do Mato e foi direto para a fronteira entre o Rio Comprido e o Estácio (*holly* Estácio). Muitos rios passaram em sua vida, incluindo aquele desfile memorável da Portela; geraram uma cálida preferência pela combinação entre azul e branco e uma tórrida paixão por sua cidade natal. Quis ser sambista, sonhou ser astronauta. Formou-se professora de Português e Literaturas de Língua Portuguesa, publicou dois livros e centenas de crônicas e contos em veículos de circulação restrita. Assina, também, o blog *Textos Curtos*.

Blog: http://textcurt.blogspot.com
E-mail: rosimouraescreve@gmail.com

Agradeço a todos os que me deram apoio para a realização desta obra, com aplausos, críticas, gestos, com palavras e com a inspiração da qual tirei o fio usado para tecer estas histórias com sabor de intimidade.

Sumário

Armadilha

Era o final da manhã de uma segunda-feira prenhe de ansiosas possibilidades. Todas já transformadas em frustrações. A colega, pacientemente, tentava reverter o quadro de mau humor reinante e recomendava observância a uma mensagem eletrônica recebida, onde se lia: não crie expectativas, crie porcos. Se tudo falhar, você fica com o bacon.

Ethel estava revoltada. Aquela mulher serena a seu lado, tentando fazer graça, rara companheira de almoço, nem imaginava o quanto contribuía para sua irritação com seu ar de tudo está sempre bem. Nada estava bem.

Sorriu por educação ao final da piadinha do bacon, ou seria linguiça? Não interessava. Regina já estava puxando outro assunto, sempre como uma tentativa de acalmá-la. Um saco. Gostava dela, era legal, mas calma demais, comedida demais, lenta. Talvez, lá no fundo, fosse meio idiota.

O elevador percorrera metade dos quarenta andares do prédio quando deu um pequeno solavanco. Uma breve alteração no ritmo. Suficiente para fazer Ethel acionar o interfone e descarregar parte de sua perene fúria contida nos ouvidos do operador da central predial. O carro continuou a descer e Regina continuou a tentar alegrar a colega, embora tivesse sentido um desconforto maior e uma vontade de cancelar almoço e visita à joalheria. Mas isso a deixaria ainda mais frustrada. No fundo, era boa pessoa, muito responsável, dedicada. Apenas escolhia o jeito errado de falar, de pleitear, de abordar as pessoas. Ethel olhou-a de lado, com a expressão arrogante e agressiva que infundia piedade na outra. Observou-lhe a sandalinha, bonita mas sem saltos, o vestido colorido, tipo folk, as diversas pulseiras de contas, justo no dia em que iam à Stern ela precisava aparecer tão informal? E estava bonita. Era bonita, a cretina.

As portas se abriram para o saguão luxuoso do edifício em que trabalhavam, deixando ver seus mármores importados, lustres e balcões imponentes. Regina os admirava todos os dias. A companheira de almoço há muito deixara de percebê-los. Antes de alcançarem a saída, Ethel escorregou e quase torceu o tornozelo, dando ensejo a nova torrente de reclamações. Regina prestou atenção aos sapatos altíssimos daquela mulher já debruçada sobre o balcão de recepção, preenchendo um formulário com críticas a respeito da insegurança propiciada pelo piso marmóreo. Aproveitando o ensejo, reclamou também de certo desbotamento nas cortinas do andar onde trabalhavam. Pra que serviriam cortinas transparentes? O quadro reforçou sua tese de que toda pessoa baixinha é atrevida. Mesmo sobre as alturas do belo par de escarpins, Ethel não lhe passava do queixo. E ela estava de sandálias rasteiras. Nunca se sentira muito segura nem muito confortável com saltos altos e finos. E, depois de dançar horas no domingo, o traje da segunda tinha de ser muito leve. Não entendia como Ethel podia estar sempre tão formal.

Terminada a reclamação escrita, tomaram o caminho da saída em silêncio, enquanto Ethel cismava: Regina teria botado olho gordo no seu escarpim novo? Ela costumava elogiar tudo, e hoje, nada. Seria inveja? Por que não comprava uma roupa mais formalzinha? Só no inverno? E ainda se dava bem. Aquela desarrumadinha tipo riponga era coordenadora de equipe havia dois anos, enquanto ela continuava sem cargo de chefia apesar de todos os seus esforços. O mundo não era justo. Mas as coisas iam mudar em breve. Terminando o MBA, estaria mais qualificada do que a maioria dos colegas, até mesmo do que muitos chefes atuais. O problema era só aturar a fase de dureza. O curso era caríssimo, ela estava no cheque especial e só comprara os sapatos novos porque tinha uma reunião importante na quarta-feira e o raio do almoço chique com a colega chefe. Não ia ficar por baixo. Em nenhum sentido. Regina era alta, bonita, corpão violão, mas a sua magreza é que estava na moda, o seu conjunto tipo tailleur de verão caía perfeito sobre o corpo mais reto, os seus sapatos chamavam atenção. Se Regina queria andar com aquela roupinha estilo tarde na praia, que fosse. Tava parecendo a subalterna. Ethel estava por cima.

Chegaram ao meio-fio sob uma sensação térmica de 45° Celsius. Percebiam a Avenida Presidente Vargas como um gigantesco forno a cozinhar tudo. Ethel comentou o abrasamento e Regina sugeriu atravessarem na faixa de pedestres, uns cem metros à direita, pensando na temperatura do asfalto e no salto agulha da baixinha. Ethel puxou-a pelo pulso, exclamando, vamos logo aqui, deixa de ser mole, só vem vindo aquela van, lá embaixo! Regina quis protestar, mas já estava sendo arrastada pelo braço. Riu da impaciência da outra. Iam rápido, cruzando a pista, quando o salto esquerdo do escarpim estreante penetrou o asfalto amolecido, enterrando-se até o meio. Regina amparou sua colega desequilibrada pelo solavanco do pé preso e olhou de imediato para a van em aproximação. Vamos, deixe o sapato! Ethel pensou no preço, na reunião dali a dois dias, na merda de cidade com asfalto mole, e tentou puxar o salto enterrado. A van estava mais perto. Regina gritou, vamos, Ethel! Ela respondeu rispidamente, ele vai desviar, enquanto insistia em livrar o sapato e puxava o braço num gesto forte, livrando-se das mãos de Regina. Sabia que lhe restavam dois ou três segundos para se soltar daquela armadilha irônica, logo no dia do almoço com a chefinha, antes que o sinal abrisse e viessem mais carros, só que não ia ficar com um pé descalço e o outro calçado, toda arrumada, no meio da rua, ao lado da deusa indiana cheia de pulseirinhas coloridas.

Regina ficou atônita com a reação de Ethel, que se abaixava para tentar liberar com as mãos o calçado preso. Olhou novamente para o veículo em rota de colisão, que começava a buzinar freneticamente. Ethel tinha razão, a van estava desviando. E abrindo passagem para um inconfundível Sonata preto, em aceleração muito maior que a do automóvel precedente e sem qualquer visão anterior da cena em curso. Instintivamente, Regina saltou em direção à calçada, gritando pula!, corre!, corre!, ouvindo o guincho dos freios acionados violentamente e o inequívoco som do atropelamento.

Ethel voou uns quinze metros, descrevendo um arco no ar, e bateu de cabeça. Ficou espalhada no chão, sem elegância, coroada por uma poça de sangue, com uma última expressão de raiva e terror nos olhos parados. Regina sentou-se na calçada, atordoada pelo acontecimento, observando o assustadíssimo motorista do Sonata retirar o carro do meio da pista, sob a orientação de um policial. Com a saída do veículo, pôde ver o escarpim azul-marinho ainda retido no asfalto. Então, começou a chorar.

TROCADILHO

A Lua cheia atingia o zênite quando Eliete começou a recobrar a consciência. Vinha de um sonho. Estava deitada em algum lugar macio, entreabria os olhos com dificuldade e encontrava um luar escandaloso a obrigá-la a cerrar as pálpebras novamente. Uma brisa constante, muito agradável, trazia-lhe frescor e uns murmúrios, lembrando som de água. Nesse sonho, sentira um tremor, um arrepio, como se aquele sopro de vento lhe acariciasse o corpo todo, causando excitação. Sentia-se no momento imediatamente posterior ao gozo. Como se viesse de um sonho erótico para outro, porque ainda estava arrepiada e ainda sentia toques suaves nos mamilos, ligeiros apertos em torno do peito. Achou que não queria acordar. O novo sonho estava ficando muito gostoso.

Manteve os olhos bem fechados e o corpo bem relaxado. Percebia alguma dor no lado direito da cabeça, e um calor entre as coxas. Antes que prestasse maior atenção a eles, sentiu uma carícia úmida no mamilo direito, como se uma ponta de língua o percorresse. Delícia. Mais uma. E outra. Estava muito excitada e tornava a perceber algo quente se esfregando em suas coxas, se aproximando do mais íntimo de seu corpo. Então o outro seio também foi tocado, apertado e abocanhado de um jeito diferente, algo difícil de entender. Era como se várias bocas lhe tocassem os mamilos e as aréolas, sugando, lambendo. Eliete não queria entender mais nada, só sentir aquele prazer ao mesmo tempo delicado e feroz. Mas sua atenção voltou-se mais uma vez para o baixo ventre, por conta de um peso morno que parecia subir-lhe pelos quadris e pousar no final da barriga. Dali em diante, sentia claramente as carícias nos grandes lábios, o calor e a umidade intensa na entrada da vagina, a penetração frenética, mas suave, como se dedos finos entrassem e saíssem dela, levando-a a um torpor muscular, a uma aceleração do coração e da respiração, à beira do êxtase. Estremecia de prazer com aquelas investidas simultâneas. Estava completamente entregue àquelas línguas, e lábios, e dedos, já percebia a chegada das contrações do orgasmo, quando outra boca lhe envolveu por completo o clitóris, chupando-o com força. Tudo junto e estimulado, os seios, a vulva, a vagina. Pensou que os bicos do peito iam explodir, achou que a força do gozo que a sacudia por inteiro fosse explodi-la, mas foi um gemido o que explodiu de sua garganta, quase como um uivo.

Seu grito de prazer fez cessar o movimento sobre seu corpo. Ela abriu os olhos e pensou que aquele fora um sonho muito louco e adorável, mas estranhou ver a lua no mesmo lugar. Tentou se erguer e percebeu-se presa. Ouviu vozes. Vozes agudas começando a se elevar, um princípio de discussão, talvez. E sentiu esbarrões entre as coxas, e uns movimentos sobre o peito, sobre a barriga. Uma sensação de horror começou a invadi-la. Fez muita força e conseguiu liberar a cabeça e o braço esquerdo.

Ouviu gritos agudos de imediato. Gritou também, com todas as forças, e conseguiu erguer-se a tempo de ver uma criatura pequena, desgrenhada, descendo às pressas do seu quadril direito e correndo na direção do que parecia ser uma grande pedra pontiaguda.

Eliete continuou gritando enquanto arrancava grande quantidade de cordas finas que prendiam suas pernas a pequenas estacas no chão. Levantou-se e correu na direção oposta à do bicho que avistara. E logo parou diante do mar. Não sabia onde estava, nem sabia se estava mesmo desperta. O sonho bom tinha virado pesadelo? O luar permanecia e lhe mostrava uma praia pequena e limpa, um mar manso e uma corda fina ainda pendente de seu braço direito. A certeza de que não estivera sonhando levou-a ao vômito de pronto. Tinha sido penetrada, lambida, abusada por uns animais, uns símios esquisitos. Experimentava agora um profundo nojo. Correu para a água e mergulhou. Esfregou-se, limpou-se quase agressivamente e começou a recobrar a calma e a capacidade de raciocínio de uma bióloga, uma pesquisadora. Não devia ficar no mar, à noite, em local desconhecido. De águas-vivas a problemas de hipotermia, as chances de prejuízo eram muitas. Voltou a si e à areia com esforço.

Sua cabeça doía. Levou a mão ao lado direito do crânio, um pouco acima da orelha e achou um corte fundo. Olhou seu próprio sangue nos dedos e recobrou a memória recente de uma só vez. Recuou três passos enquanto revia o pânico no avião depois do primeiro estrondo e da trepidação forte. Parecia ter vindo de baixo, da área de carga. O segundo estampido foi ainda mais terrível, e abriu um rombo na lateral esquerda da aeronave, lançando algumas fileiras de poltronas e passageiros céu afora.

A despressurização e a histeria tomaram conta de quase tudo. O comandante mandara alguém berrar ordens pelos alto-falantes, mas o caos estava instalado. A perda de altitude ia rápida demais. Foi quando a terceira explosão, do lado direito, lançou mais uma parte da fuselagem pelos ares, e mais algumas fileiras de poltronas, incluindo a sua. Passo seguinte, acordou sendo estuprada por bichos. Sentou-se, abraçou os joelhos fortemente e ficou assim muito tempo, aterrorizada, incapaz de mover-se, incapaz de chorar. A lua cheia estava atrás do rochedo pontudo, projetando sua sombra na areia, com um formato que lembrava um gigantesco falo apontado pra ela.

Eliete não dormiu. Assim que pôde superar o medo que a paralisara, caminhou um pouco pela faixa de areia. Seu vestido de malha superconfortável para viagens longas estava rasgado na altura dos seios. O xale que usava no avião e sua calcinha haviam sumido. Os sapatos também. Não tinha nada. Só frio, fome, sede e um princípio de depressão. Com os primeiros raios de sol, avistou novamente o pedaço de corda fina e teve um sobressalto. Nunca ouvira falar de macacos que tecessem. Aquele era um produto humano. Que lugar era aquele? Decidiu se esconder.

Passou pelo local onde estivera, viu a pedra cônica, apontada para o céu. Pareceu-lhe uma formação de origem vulcânica. Um túnel de lava ascendente? Ouviu vozes abafadas. Correu por um terreno pedregoso até alcançar um coqueiral. Eram muitos, muitos coqueiros e poucas plantas diferentes. Alguns coqueiros pareciam estar em linha, aproveitando espaço. Havia agricultura ali. Sentia-se vigiada. Conseguiu uma pedra e um bocado de água de coco. Estava melhor. Em algumas horas, tinha terminado o reconhecimento da ilha. Devia ocupar uns oito quilômetros quadrados. Só havia praia em uma das pontas. Depois terra no meio e bordas de rocha. No extremo norte, apareciam borbulhas e fumaça na água. Um tubo vulcânico submarino continuava a construir lentamente aquele lugar não catalogado. Encontrara sinais da passagem de aves e de alguns animais marinhos nos flancos. Mas o que seriam aqueles bichos da noite anterior? Onde estariam os humanos tecelões de cordas? Não vira nem ouvira nada mais do que os sons do vento, do mar e de alguns raros insetos.

Resolveu voltar à praia antes do anoitecer. Queria lavar o ferimento no couro cabeludo com água salgada e tentar descansar um pouco. Arrastou algumas folhas de coqueiro caídas e levou também algumas pedras, para alguma necessidade de defesa. Caminhava e pensava quanto tempo a Natureza teria levado para criar solo fértil no meio daquela placa de lava seca, pensava em como havia sobrevivido à queda e em como sobreviveria ali, caso não fosse resgatada. Começava a considerar a possibilidade de pequenos macacos terem desenvolvido a capacidade de trabalhar as fibras de folhas de coco secas, mas nem todo o seu conhecimento reunido poderia tê-la preparado para o encontro seguinte.

No meio da praia estava montado um abrigo de folhas de coqueiro, lembrando uma barraca retangular, quase do seu tamanho, com teto e laterais em material seco e forro em folhas novas. Em um dos lados longos, viam-se dezenas das cordinhas penduradas, repuxadas meio a meio para os cantos, à guisa de cortina. Dentro, estavam um assento flutuador de poltrona de avião e sobre ele sua calcinha, um coco verde, furado, e um coco maduro, descascado e cortado em quatro partes. Estava recebendo presentes.

O choque foi grande. Primeiro imaginou uma armadilha. Arrastava os pés pela areia, cautelosamente, antes de pisar pra valer. Nenhum laço. Chegou ao abrigo pensando em tentativa de sedução. A raiva quase a levou a destruir tudo. Mas uma voz firme fez com que pulasse para o lado e se voltasse para a pedra fálica. Um grupo de humanos muito pequenos se curvavam em saudação, ao passo que oito deles se adiantavam em direção a ela. Eliete caiu sentada. O homem que parecia liderar os demais falou novamente e os oito estupradores se ajoelharam e curvaram as cabeças. O mais alto de todos não alcançava quarenta centímetros. Ela estava aturdida. Mas compreendia a cena. O líder estava entregando os bandidos para o castigo. O grupo não concordava com o que tinha acontecido. Eliete ficou de pé, teve vontade de jantar os oito rapazes, mas estava maravilhada com aquela descoberta. Como tinham se tornado tão pequenos e sem as anomalias de proporção do nanismo? Não pareciam crianças, não eram gorduchos, atarracados. Via-se diante de adultos em miniatura, com corpos na maioria esguios, musculaturas definidas. Há quanto tempo estariam isolados ali? O líder falou de novo, olhando-a nos olhos e calmamente. Ela precisava tomar uma decisão. E então percebeu que constituía um perigo enorme para aquela população. Apanhou um pedaço de coco, mordeu, engoliu e fez uma reverência ao chefe. Depois chutou areia na direção dos oito condenados, como uma elefanta diante de intrusos, e apontou o canto da praia. Por gestos, indicou que os queria lá. Os jovens foram levados ao canto indicado e amarrados com as cordas finas.

Nos dias seguintes, a comunicação continuou, e algumas crianças tentaram se aproximar dela, sendo repelidas com muito barulho, apesar da graça que apresentavam. Pareciam bonequinhos. Mas a bióloga sabia dos riscos de contaminação. Embora se achasse saudável, acreditava que um vírus de gripe simples dizimaria o povo miúdo rapidamente. Teve muito trabalho para conseguir um abrigo e comida para os prisioneiros. Até que o líder pareceu compreender que a prisão era o castigo. E esteve tão ocupada em observar aquelas pessoas de trinta centímetros de altura, em média, que praticamente se esqueceu de tentar um resgate. Porém, depois de oito dias de vigia aos quarentenados, concluiu não haver qualquer sintoma de gripe ou outra moléstia, nem neles, nem nela. Soltou os pobres aterrorizados. Ela também gostaria de se libertar de sua intrigante prisão. Àquela altura, gostava dos miudinhos. Eles faziam um tipo de sashimi muito bom para quem só possui utensílios de pedra. Moravam na torre rochosa, que era oca e cheia de veios. Provavelmente formada por um jorro de lava violento mesmo. Dividiam o espaço, a comida, as tarefas. Dentro da sua casa-torre, cada grupo familiar tinha um "abrigo" privativo, muito semelhante ao construído na praia, embora muito menor. Plantavam cocos, sua única fonte de água doce além da chuva, teciam cordas, abrigos e vestes, esculpiam pequenos arremedos de jarros de pedra para coletar água nos temporais, jamais saíam à noite, e pescavam bem. A calma do mar vinha de uma barreira que a própria formação vulcânica criara, nos moldes de um recife. Para além dela, o oceano rugia. Ela se perguntou por que o chamavam Pacífico.

Na noite seguinte, acordou com um barulho estranho, uma gritaria abafada, uma agitação. Já não tinha o luar pleno, mas divisou uma forma conhecida. Com esforço, conseguiu ver um lagarto de mais de um metro de comprimento vindo das pedras laterais em direção à pedra grande. Um monstro, para o povo miúdo. O lagarto olhou-a um instante e continuou a marcha para a casa dos miúdos. Por receio de algum animal ou de outro ataque furtivo, Eliete fizera crescer bastante a coleção de pedras ao lado do abrigo. Acertou a primeira na lateral do bicho. Errou a segunda. A terceira pegou em cheio na cabeça. Tonto, o animal virou presa fácil. Mais quatro pedradas e estava morto. Teve pena do lagarto, mas os miúdos teriam de enfrentá-lo muito de perto, com muito risco. Na manhã seguinte, houve uma grande festa para ela.

Quinze dias depois de ter acordado no meio de uma tórrida cena de sexo grupal, Eliete estava deitada ao lado de seu novo e mais confortável abrigo, contemplando incontáveis estrelas e fantasiando roubar um dos pequenos estupradores e levá-lo para pesquisa. Não por raiva. Entendera que a visão de uma mulher tão grande tinha causado uma irresistível compulsão naqueles jovens, acostumados a ver sexo com naturalidade, sem censuras. Queria estudar, conhecer, apresentá-los ao mundo. Será que o autor das *Viagens de Gulliver* conhecera aquela ilha? O que fariam os pequenos diante de uma enfermidade? Eles comiam muito peixe cru. Como era possível ainda existir uma ilha não pesquisada? Cismava assim quando observou uma pequena luz em movimento. Era um satélite. Perfeitamente visível naquele céu tão límpido. Satélites tiram fotos. Militares monitoram alterações. Precisava fazer fogo. Perdeu o sono e, aos primeiros sinais da barra do dia, começou a catar folhas secas e galhos finos das raras árvores e arbustos diferentes de coqueiros na ilha. Alguns miúdos começaram a ajudar, trazendo material para a praia. Eliete desenhou um grande SOS na areia. Preencheu a forma com os materiais coletados. Separou um conjunto de galhos bem secos e ao meio do dia seguinte, com o sol a pino, iniciou as tentativas de provocar chamas pelo atrito. Tinha visto isso em filmes. Na realidade, era dificílimo. Insistiu até obter o resultado. Criou uma minifogueira num buraco na areia, sob seu abrigo. O povo pequeno fugiu estarrecido. Depois ficaram horas, à entrada de sua casa de pedra, observando o espetáculo do SOS ardendo na praia.

Eliete cuidava da fogueirinha como se fossem mãe e bebê. Os pequenos vinham espiar e tratavam-na como divindade. Faziam reverências constantes, traziam-lhe mais alimento, teceram-lhe uma saia de palha de coco, como usavam todos, só que bem grande. Ela estava preocupada. Não podia esgotar os recursos naturais da ilha para fazer seu pedido de socorro. Nem podia ensinar-lhes a provocar chamas. O equilíbrio daquele ecossistema único era fragilíssimo. Ela já havia trazido novidades demais. Repetiu o SOS em fogo pela segunda noite e viu o satélite outra vez. Os pequenos vieram todos e postaram-se ao lado dela, em duas filas. Olhavam para o fogo e para o céu noturno com igual deslumbramento. Evidentemente, sentiam-se seguros ao lado de sua deusa. Eliete ficou mais preocupada. Apesar disso, repetiu o fogaréu pela terceira noite e apagou a fogueirinha que lhe poupara muito trabalho. A sorte estava lançada.

Na noite seguinte, três crianças saíram da pedra-casa, acompanhadas pelo adulto que estava de sentinela. Queriam ver o céu. Eliete os repreendeu duramente e chutou areia. Correram de volta, apavorados. Era assim que devia ser. Nada de mudanças. Na manhã seguinte, todo o povo, uns setenta indivíduos, aproximadamente, veio até ela, capitaneado por seu líder. Ele fez um breve discurso, todos fizeram reverências, e as crianças foram gentilmente empurradas em sua direção. Choravam. Eliete não resistiu. Sentou-se e botou-as no colo, acariciando--as enquanto lhes falava carinhosamente. Os pequenos miúdos começaram a sorrir, a brincar. Uma das mães desmaiou. O líder sorriu aliviado e todos começaram a rir. Lentamente, todos vieram tocar, com respeito, a ponta dos pés da gigante. Ela estava emocionada. Pensou que se tivesse de passar o resto da vida na ilha, teria alguma alegria. E, muito intimamente, admitiu que vivera, ali, um prazer impensável.

No quinto dia depois das fogueiras, no meio da manhã, um navio surgiu no horizonte. Eliete não ficou tão feliz quanto esperava. Sentiu uma ponta de tristeza. Ia se separar dos seus pequenos. Para sempre. Percebeu que não poderia revelar-lhes a existência ao resto do mundo sem destruí-los. Ficou agitada. Chamou o líder. Embora não entendessem uma palavra que o outro dizia, comunicavam-se bem. Mandou reunir o povo e mostrou a ele o navio. Sinalizou perigo. O povo miúdo se escondeu em sua rocha rapidamente. Uma hora depois, um bote de resgate cruzava a linha do recife vulcânico e encontrava Eliete nadando e acenando. Já em mar aberto, algumas lágrimas molharam-lhe a face. Estava deixando de ser deusa para voltar a ser mortal comum. Não olhou para trás nenhuma vez. A grande descoberta que fizera não podia vir à luz.

Uma semana depois de retornar ao Brasil e de ser recebida com honras e mimos pelas autoridades, pela imprensa, pela família, como a última a ser resgatada dentre os cinco únicos sobreviventes do ataque terrorista ao avião da American Airlines, Eliete voltou à rotina e marcou um check-up. Queria verificar tudo. Fez radiografia dos pulmões, visitou o dentista, fez exame de esforço, exame de sangue com todos os requisitos possíveis. Enquanto aguardava os resultados, submeteu-se à chatice da mamografia e da ultrassonografia abdominal e intravaginal. Deitada na maca, sentindo o incômodo da geleia geladíssima espalhada sobre seu ventre, ela estranhou o olhar risonho da médica, que, em seguida, lhe disse parabéns, a senhora está na sexta semana de gravidez. O clima carinhoso da cena desapareceu bruscamente, porque Eliete entrou numa espécie de colapso nervoso, olhos arregalados mirando o teto, punhos cerrados socando a maca, voz alterada, gritando repetidamente Liliputos! Liliputos! Liliputos!

Sky Drive

O cara era um mago, um gênio desses cujo adoecimento causa consternação mundial. Ultimamente, ele também estava um pouco consternado. Embora tivesse feito um brilhante discurso sobre o papel da morte enquanto abridora de espaço para o novo, já andava puto da vida com a doença, as restrições, os períodos de repouso compulsório, isto é, de inatividade. Isso era particularmente irritante. Acreditava realmente na necessidade de renovação de tudo que existe, mas não era, nem se sentia velho. Nem de idade, nem de cabeça. Aí, quando o pâncreas deu um pifão mais violento, baixou hospital com uma má vontade da gota.

A partir daquele momento, aconteceram coisas estranhas. Parecia estar sedado. No entanto, não foi perdendo a percepção da sala e do médico, indo e voltando como defeito intermitente. Num segundo percebia médicos, enfermeiras, ouvia uns sons. No outro segundo, nada. Apagão. Tipo computador desligado pela tomada.

Acordou sem saber quando e onde, meio tonto, meio leve, *unpluged*. Depois saberia dos vinte e tantos dias inconsciente, em recuperação, mas naquele momento, tinha diante de si um homem todo de branco, sem posto nem nome bordados no jaleco. Também não era jaleco, só uma roupa branca, só um cara muito calmo, dizendo que ele se encontrava no plano astral, ou seja, tinha morrido.

O gênio sentou-se na cama de um pulo. Sentiu-se tão bem que o cara ali podia ter razão. Caramba, será que toda aquela conversa sobre vida depois da morte era verdade? Observou atentamente o que lhe pareceu uma enfermaria impecável. Uma sala bem ampla, piso e paredes cor de gelo, camas espaçadas a intervalos regulares, nenhuma cortina, lençóis e fronhas muito alvos, quase luminescentes. Não via janelas ou luminárias, embora a luminosidade do ambiente fosse perfeita. Os outros pacientes pareciam adormecidos e serenos. Não era bem a sua ideia de paraíso, mas era surpreendentemente bom.

Quando reencontrou o olhar de seu interlocutor, viu nele um sorriso e uma interrogação. Estava em dúvida? Era só puxar pela memória. Estava lúcido, podia lembrar. O gênio se concentrou. Recordou as luzes sobre ele, os médicos agitados em torno da maca, os instrumentos apitando, a vista falhando, uma espécie de quadro-a-quadro rolando e o apagão. O homem calmo lhe disse que observasse melhor a última coisa antes de apagar. Ele se esforçou. Verdade, naquele sufoco de tubos e aparelhos, não dera atenção ao quadro-a-quadro. Era quase um filme de sua vida, tudo, tudo o que vivera, incluindo cenas as quais não tinha consciência de ter registrado. Exclamou uma pergunta: o que é isso? O homem de branco sorriu e também exclamou: transferência de memória! Veio toda com você. Steve ficou de pé. Todos os acontecimentos de uma vida? Sim, tudo. E acontece com todo mundo? Sim,

sim. Onde é que cabe tudo isso? O outro ria à solta: no sky drive. Steve desatou a rir. Estava são, lúcido, mais vivo do que nunca e diante de um iCloud inimaginável, mesmo para ele. Estava em casa.

O Sultão

Ele se chamava Carlos, era bem apessoado, adorava cabelos lisos e negros, curtia futebol e tinha uma gargalhada inconfundível, ao mesmo tempo maliciosa e infantil. Logo que começou a trabalhar, seu chefe o repreendia. Mas ele era bom. Responsável, pontual, proativo. Em três anos, tornou-se o chefe do setor de vendas daquela mega empresa de eletrônicos que seria sua empregadora da vida toda.

Conquistara a admiração dos superiores e dos comandados com sua eficiência, sua solicitude, seu bom humor permanente e sua solidariedade. Para ele não era incômodo ficar até bem mais tarde, ajudando a concluir um relatório, ou correr ao outro extremo da cidade para buscar um colega com problemas no carro. As pessoas percebiam poder contar com ele.

Conquistou também aumento de salário, aumento nas vendas, aumento nas comissões. Casou-se com a noiva, Shirley, dona da cabeleira negra mais linda do mundo e de um par de olhos verdes estonteantes. Carlos amava a família profundamente. Entretanto, após o nascimento do segundo filho, passou a se sentir um tanto preso, um pouquinho entediado com a rotina. Amava seu trabalho também, e tinha facilidade para cultivar amizades. E como amizade é uma forma de amor, Carlos envolveu-se com uma colega de trabalho. Deixou claro, desde o primeiro dia, que sua família vinha em primeiro lugar. A amiga concordou. Estavam todos felizes.

Dois anos depois, quando a cegonha lhe trouxe uma menininha, Carlos tinha quatro amigas amantes: Marise, Graça, Nádia e Heloíza. Todas sabiam de tudo, todas trabalhavam na empresa, todas concordavam. Ele não lhes dava nada além de uma entrega completa, resultado de sua genuína capacidade de amar e amparar de vários modos. Quando estavam juntos, Carlos fazia a amante da vez sentir-se única, desejada, protegida, amada. Criava para cada uma delas um ambiente romântico, sedutor. Carinho, palavras doces, alto astral, bons restaurantes e bons motéis, um ou outro mimo sem maior expressão financeira, sexo da melhor qualidade. Carlos sabia agradar suas mulheres. E infundia-lhes a certeza de que se ligassem no meio da noite, com algum problema sério, largaria tudo para atendê-las, ajudá-las. O que acabou por acontecer duas ou três vezes, no curso daqueles anos dourados. Afinal, eram amigas mesmo. Até conheciam-lhe a esposa e as crianças.

A vida corria tranquila e prazerosa. Um dia, a equipe fechou uma venda extraordinária e a comemoração foi marcada para a mesma noite, numa casa com música e bons drinks. Foram todos, inclusive uma das mais brilhantes chefes de equipe do setor, um tanto avessa àquele tipo de programa. E, secretamente, admiradora de Carlos.

Ela se chamava Eleonora, era muito charmosa, tinha cabelos cor de mel, mantidos num comprimento um pouco acima do queixo, em cachos largos, muito chamativos. Curtia cinema e filosofia, e mostrava gestos e sorrisos comedidos, não raro bem estudados. Profissional destacada, já tinha recebido vários convites de outras multinacionais. Era parcimoniosa com as palavras e arguta na observação. Não lhe foi difícil perceber, à medida que a descontração e a quantidade de copos servidos aumentava, o envolvimento diferente de Carlos com as quatro colegas a lhe fazer companhia constante. Eram todos discretos. Não o suficiente para enganá-la ali. Admitia, em pensamento, o quanto eram bons em despistar no escritório, e via com satisfação uma chance de se aproximar de um cara tão interessante.

Tentou ficar mais próxima e recebeu boa acolhida das amigas... odaliscas. Sim, aquilo lhe parecia um diminuto harém. Facilmente, conseguiu sentar-se ao lado dele, nos bancos tipo sofá da boate. Do outro lado estava Marise, com a mão esquerda sobre a coxa do homem, por baixo da mesa. Eleonora arriscou a mão direita. O olhar dele misturou surpresa e contentamento. Ela pensou em usar o inglês, mas quase todos entenderiam. Tentou o francês. Para sua alegria, Carlos respondeu. O papo foi provocante e cheio de humor. Na despedida, ele fez questão de acompanhá-la até o carro e teve vontade de beijá-la de pronto. Estavam na rua. O manobrista chegou.

Uma semana depois, almoçaram num dos motéis preferidos de Carlos. A conversa foi ótima, Carlos admitiu ter tido sempre um olho na colega, Eleonora não negou seu interesse pelo chefe. A cama também foi ótima e, perto dos momentos finais, ela o surpreendeu com pequena amostra de pompoarismo. Entregue aos movimentos da musculatura interna de sua nova parceira, ele não pôde deixar de exclamar que coisa rara. Ela abriu um raro sorriso largo, enquanto dizia que bom que gostou, Sultão. Riram muito. Continuaram a rir durante a refeição, pois ela insistia em chamá-lo daquele modo e em dizer que agora ele tinha cinco odaliscas.

Passaram a se encontrar com maior frequência e o resultado foi maravilhoso e péssimo. Na intimidade do quinteto amoroso, Carlos ficou com o apelido de Sultão e Eleonora era chamada Quinta. As outras odaliscas perceberam a situação. Não se queixaram, apenas trocaram comentários sigilosos, estavam preocupadas com ele, com ela, com a esposa e os filhos. Tinham alguma razão.

Nos meses seguintes, Carlos e Eleonora atravessaram o amor e seu inferno, como diria Clarice Lispector cuja obra os dois admiravam muito. Ele já não ria tão fartamente, e se pegava cismando em como tudo acontecera. Eleonora não tinha cabelos lisos e negros, era independente demais para o seu gosto, inteligente demais para ser só uma odalisca, fascinante na argumentação, na elegância, no sexo. Uma mulher perigosa. E ele queria correr perigo. Já cogitava largar tudo para viver com ela. Ela aceitaria? Ele se perdoaria? Tinha família e gostava disso. Eleonora andava mais comedida do que nunca, ficava no escritório o mínimo possível, não compareceu à festa de fim de ano da empresa, extensiva a familiares dos funcionários. Não imaginara a possibilidade de se envolver tanto, não esperava tanto de um homem tão dado a gargalhadas e brincadeiras. Ele era bom de cama, bom de papo, bom de trabalho. E amoroso, extremamente amoroso. Perfeito pra ela. Era um homem raro. Casado e pai de três filhos. Receava que ele viesse a deixar a família. Não queria ter parte numa situação assim. Cometera um erro. Precisava consertar.

Embora tentassem espaçar as saídas, ganhar alguma distância, Carlos e Eleonora se sentiam cada vez mais ligados. Sete meses depois de seu primeiro encontro, Graça comunicou às amigas odaliscas que a esposa do Sultão estava grávida pela quarta vez. Eleonora tomou sua decisão no mesmo instante. Passados alguns dias, ao receber o habitual convite para almoçar com seu chefe, alegou um compromisso pessoal. Carlos sentiu um tipo de dor diferente, interna. Estava claro que possuíam o mesmo senso de ética, de responsabilidade. Aquela recusa era o adeus.

Quando o anúncio do pedido de demissão de Eleonora movimentou todo o departamento, as quatro odaliscas se entreolharam longamente. Nádia enxugou uma furtiva lágrima. O afastamento de Eleonora seria bom pra elas, mas, além de ser uma elegante lição de integridade, era uma decisão dolorosa. Abalava o grupo. Para manter as melhores aparências, Eleonora patrocinou uma festa de despedida. Houve pequenos discursos, ela declarou que, embora o convite recebido de outra grande empresa fosse irrecusável, sentiria muita falta das pessoas ali reunidas. Fez muitos agradecimentos e guardou para si o fato de que teria aceitado o novo emprego ainda que ganhasse menos, porque o elemento decisivo na escolha fora o treinamento no exterior, a começar em três dias. Evitou os olhares de Carlos e bebeu muito espumante, como todos. Ao término do festejo, deu um jeito de ir ficando por último, até restar sozinha no salão.

Estava se despedindo intimamente. Apanhou seus objetos pessoais e estremeceu ao ouvir o toque do ramal interno. Atendeu. Era ele, claro. Diferente, com certa dificuldade na articulação do pensamento, das palavras.

Carlos dizia ter ficado surpreso com a festa, dizia estar triste, mas ciente da alegria que ela havia proporcionado a todos, sim, havia muita alegria na festa, todo mundo sorrindo, muita alegria, tudo tão bonito... Ela o interrompeu para dizer uma única frase: tudo bem, Sultão, eu também te amo. Desligou o telefone e correu para a escada dos fundos. Parou três andares abaixo, foi para o hall e acionou o botão do elevador, enquanto seu amado corria, subindo de dois em dois degraus, pela escada pressurizada, para encontrar a sala de festas deserta. Uma hora depois, Eleonora fazia o check-in para um voo internacional.

O Sultão, aos poucos, foi se recuperando da tristeza que o envolveu depois da partida da Quinta. As quatro o ajudaram. Com o nascimento do bebê, ele compreendeu que jamais poderia deixar sua família. Amava seus filhos e amava muito sua mulher. Só que à Quinta, amava mais. E isso já não constituía problema. Sendo a mulher especial que era, ela mesma resolvera a questão.

Cinco anos depois, Eleonora voltou à cidade. Mantivera correspondência com as odaliscas e queria revê-las. Tinham se tornado realmente amigas. Passaram a se ver mensalmente. Carlos era o assunto proibido. Por ocasião de seu aniversário, Eleonora recebeu os presentes das quatro e mais um embrulho. Heloíza olhou-a nos olhos, pedindo, por favor, que aceitasse. Por instinto, deixou para abrir a caixa a sós e encontrou um caríssimo anel de diamantes, com um bilhete dizendo não é tão lindo como o que sinto por você, mas chega perto. Enquanto enxugava uma lágrima, guardou-o cuidadosamente, no fundo de uma caixa para bijuterias, em formato de palco com cortininhas de veludo.

Os aniversários das quatro vieram, outras comemo-

rações ocorreram nas casas noturnas, mas Eleonora recu-
sava todos os convites. Ela e Carlos nunca mais se viram,
nunca mais saíram juntos. Era assim que devia ser para
que o tempo fizesse seu trabalho.

Um dia, um infarto pegou o sultão quando ele ainda
podia bem montar suas odaliscas e espalhar seu riso solto e sua aura amorosa pra todo lado. Foi fulminante. O
velório e o sepultamento foram concorridos. O cara era
muito querido. Familiares, vizinhos, colegas de pelada,
todos os amigos e conhecidos do trabalho, incluindo as
cinco. E foi na capela que a Quinta soube que o morto
tinha perdido algum dinheiro na Bolsa, tinha comprado
um imóvel um pouco maior, andava meio apertado e no
fim das contas ficara uma dívida um tanto significativa
para os herdeiros. A mulher sempre fora dona de casa, os
filhos ainda não estavam no mercado de trabalho, o mais
novo ainda contava oito anos.

Quinta convocou uma reunião das odaliscas e orga-
nizou o cenário todo. A que mais convivera com a família
telefonou e marcou a visita na qual explicaram à viúva
que o falecido fora um amigo especial. Cada uma contou
um caso, muito bem ensaiado previamente, dando conta
do apoio recebido do finado. Desde ameaça de demissão
até problemas financeiros, narraram histórias de ajuda
desinteressada prestada a elas e a dois outros amigos já
passados para o reino de Deus. Dessa forma, sentiam-
-se no dever de retribuir, inclusive em nome dos colegas
mortos, quitando a dívida deixada. A viúva foi às lágrimas. As concubinas também, exceto a Quinta, que sabia
do risco de perder o controle e dar bandeira. Quitaram a
dívida, e a família prosseguiu tranquila, com a pensão que
lhe tocara. As odaliscas tomaram cada uma o seu rumo.

Marise realizou seu sonho de abrir um negócio próprio, Graça tornou-se sua sócia, Nádia continuou na empresa e adotou duas crianças, Heloíza concluiu o curso de Veterinária, arranjou emprego nessa área e se casou, Eleonora chegou à diretoria da firma e passou a viajar muito. Elas praticamente desapareceram dos olhos e da vida da viúva. Só ligavam nos aniversários. A viúva sempre retribuía a gentileza e mais de uma vez se pegou pensando em como fora tola ao se sentir enciumada ou insegura quando seu marido contava ter ido almoçar com amigas, ou chegava um pouco mais tarde por conta de uma festa no trabalho. Ou quando tinha saído, só aquelas duas ou três vezes, na madrugada, para ajudar um amigo em apuros. Ele sempre fora fiel. A ela, à família, aos amigos. Shirley tinha dividido a vida com um homem decente.

Com o passar do tempo, as amantes do Sultão começaram a se reunir mais vezes, sempre que as cinco estavam na mesma cidade, para beber, conversar e rir. Perceberam que estavam ligadas por um laço agradável, e, se havia qualquer traço de ciúme entre elas, a percepção da estranha ligação amorosa apagou todo e qualquer entrave a uma convivência benfazeja. Continuaram unidas pelo abraço amoroso com que aquele homem especial estreitava a todos. Tão forte era esse sentimento antes despercebido, que se estendera à Sultana e sua prole, embora mantivessem deles uma respeitosa distância. Como haviam mantido nos tempos gloriosos de seu Sultão. Compreendiam que as seis continuavam a se sentir seguras e amadas. E quem disse que o Amor só se manifesta de muito perto?

Travesseiros Mornos

Heloíza teve uma ideia extravagante. Decidiu celebrar o Dia dos Namorados em grande estilo, com direito a motel com luxos e pétalas de rosas. Considerando que ambas as coisas ficam difíceis de se encontrar em tal época, elaborou um cuidadoso planejamento e começou a executá-lo com duas semanas de antecedência.

O primeiro passo foi visitar uma floricultura e obter informações a respeito das pétalas. Queria rosas vermelhas. As de tom mais claro e, com destaque, as "príncipe negro" com sua beleza dramática. Acertados prazo e preço, voltou à rotina.

Na semana do doze de junho, esbarrou nos primeiros probleminhas de execução do seu projeto. A segunda e a terça-feira se passaram sem que ela ao menos conseguisse ligar para a floricultora responsável por suas perfumadíssimas porções de rosas. Em cada uma dessas noites, ao perceber esgotado o horário para contato, a heroína romântica esteve a ponto de arrancar os cabelos. Como assim? E encarar a festa careca? Manteve a calma e chamou o motel escolhido ao final da terça. Com muita gentileza, a atendente informou-lhe que só poderiam aceitar reservas pessoalmente. Fazer o quê?

O intervalo de almoço da quarta-feira foi consumido na tal casa de prazeres. Ela não pensou em desistir, mas lamentou estar num período tão ocupado no trabalho, tão estressante. Fazia um extraordinário calor para o mês de junho, o carro ficou meio distante, caminhou apressadamente e entrou um tanto esbaforida. Recepção vazia, recepcionista sorridente a dizer a senhora podia ter mandado depósito... outra vez os cabelos, dez respirações para evitar o palavrão, continuava a preparação da surpresa.

Ainda em sorrisos, a atendente explicou-lhe que um garçom desceria com a maquininha para cartões de crédito, já que a da recepção só operava por débito. Pensou que merda! Seria mais rápido o acerto, entretanto esse débito a faria entrar no cheque especial. Melhor esperar.

A executiva enamorada aproveitou para pedir um refrigerante, temendo morrer desidratada apesar da refrigeração ambiente. Antes dele, chegou um casal bem jovem. Constrangimento era a expressão dominante nos rostos que tinham de decidir qual suíte ocupar. Heloíza teve vontade de rir, mas vieram o garçom, a maquininha e o guaraná em seu socorro, e ela acabou sentada em outro ambiente, um barzinho à meia luz repleto de quadros interessantes (não bonitos) e completamente deserto. Até que o garçom voltasse com o papelzinho necessário (não tinha sinal para a máquina ali no térreo), ela imaginou alguém conhecido adentrando o espaço, acompanhado(a) por alguém desconhecido(a), olhando-a com aquele misto de raiva, receio e simpatia forçada que a situação certamente engendraria. Imaginou-lhe os pensamentos, girando em torno de coisas como "essa filha da puta não tinha outro lugar pra levar um bolo e ficar no barzinho com um guaraná diet?" Êta saia justa! Riu sozinha. E foi assim que o garçom a surpreendeu, ar desconfiado, sobrancelha arqueada. Ela já tinha relaxado bastante. Continuou a rir, despediu-se, pegou todos os papéis necessários e mergulhou novamente na semana de trabalho.

Claro que deu tudo certo. Foi buscar as pétalas e eram imundas quando examinadas mais de perto. Até um alfinete foi encontrado entre elas. Lavar, lavar, selecionar, às cinco e meia da tarde de sábado sentia-se exausta. E secar era ainda mais difícil. Passou-as no secador de verduras diversas vezes, mas muitas gotículas ainda ficaram. Produziu o milagre de esconder tudo na mala do carro sem que ele visse, usando um estratagema digno de Aníbal. Saíram, dançaram, ela lhe apresentou o pequeno documento que atestava a reserva, ele suspendeu a bebida imediatamente e, chegando a seu destino, ela levou um susto. A tal suíte, escolhida pelas fotos da decoração, tinha dois sofás, duas camas enormes sem qualquer separação (um biombo, uma cortina), banheira para seis, um despautério. Puta merda! Era para grupos. Tinha reservado a suíte pra suruba! Ai, será que André ia pensar que ela era adepta de sexo grupal? Estavam namorando havia poucos meses, era o seu primeiro dia dos namorados, a suíte da orgia podia pegar mal... Que os pariu! Todo projeto exige atenção absoluta até a entrega do produto final, ela sabia disso, era mestra nisso e tinha dado bobeira. Agora seus resultados corriam risco.

O constrangimento alheio e imaginário do outro dia tornara-se real nela mesma, e tentava dominá-la. Recuar, nem morta! Manteve a pose e pediu ao namorado um tempo para aprontar uma surpresa. Ele sorriu e foi à sauna. Ela começou a preparar a cama de rosas e deu-se conta de que suas pétalas limpas e selecionadas abrigavam ainda muita água. Então sorriu vitoriosa. A suíte *dupla* era perfeita. Depois da surpresa, teriam a opção de uma cama seca e aconchegante, com travesseiros morninhos, já que os floridos iriam ficar um tanto ensopados. Nada é por acaso. Despiu-se com renovado prazer, encaixou-se no ninho rubro e cobriu-se com o restante das pétalas vermelhas, deixando algumas aberturas estratégicas na nova veste, sedosa e perfumada. Escondeu o saco plástico vazio entre o colchão e a guarda da cama. Depois de tudo pronto, gritou pode vir e ele não veio. Que inferno de suíte gigantesca! Se ele não a ouvisse, poderia morrer assado no vapor. E ela não podia mais se mover, ou estragaria todo o cenário. Êta ideia trabalhosa! Tentou novamente. Nada. Diabos! Tava muito a fim de comer o cara, mas não com a pele esturricada no vapor. O que qui ia fazer com um caralho à pururuca? Precisava relaxar. Estava muito estressada. E se ele tivesse passado mal, assim... alguma coisa séria? Bobagem. Tensão, tesão, tudo acumulado. Era só a porra do tamanho da suíte.

No terceiro chamado obteve resposta. Mais do que isso: a expressão nos olhos do amado ao pronunciar que bonito foi impagável. Era o olhar de quem aprecia por mais alguns instantes a beleza de um prato sofisticado antes de devorá-lo com urgência. Heloíza começou a pensar que poderia ter preparado a máquina fotográfica, registrado a cena, mas os pensamentos foram banidos pelos sentidos à medida que o calor e o peso do corpo de André se colocavam sobre o dela, e que a língua do namorado passeava por seu pescoço para, finalmente, invadir-lhe a boca.

Passava da meia-noite, o domingo dos namorados

principiava com um esplendor jamais experimentado. E prosseguiu confirmando a tese de que quando se tem uma boa ideia é preciso ir à luta por ela, dar-lhe lugar no tempo e no espaço, confiar nela, realizá-la. Quando a coisa é boa mesmo, a Providência ajuda. Prova disso foram os risos a ecoar pelo imenso quarto enquanto os enamorados sacudiam as pétalas úmidas para longe de sua pele e se mudavam para a cama extra, quente e arrumada.

A MENINA E O GOLFINHO

Valdirene expirou fortemente pelo nariz e pela boca, com enfado, e fez um gesto obsceno tão logo a porta se fechou atrás de sua mãe. Mais uma discussão, mais uma encheção de saco por conta dos outros. Não tava a fim de ir pra igreja ajudar a distribuir coisa nenhuma e pronto. Nem tava podendo. Que trem doido a mãe querer que ela fosse pegar no pesado! Tinha parido há menos de uma semana. A criança tinha nascido morta, todo mundo já sabia, mas parto teve, sô! Aqui: o pessoal faz as casas tudo no barranco, sabendo que vai cair. Aí chove, cai, e todo mundo tem que ir pra socorrer? Cada burro carregue sua carga. Ela cuidava direitinho das suas.

Acomodou-se no sofá e ligou a TV. Ainda chovia de modo esparso. O bairro estava literalmente enlameado, a maior parte da galera se envolvera, de um jeito ou de outro, com as consequências dos deslizamentos de terra. Domingo, sem homem em casa, sem ter o que fazer. Também tinha o resguardo. Saco! Sair era impossível.

Começava um programa no formato de revista semanal e a principal chamada enfocava dois resgates improváveis: o de um bebê na Pampulha e o de um golfinho na Inglaterra. Valdirene inquietou-se. Vieram-lhe à memória as brigas feias com a mãe, quando da descoberta da gravidez. Ela queria abortar, a mãe não admitia a hipótese. Exigia casamento, de acordo com sua igreja. A filha respondia que casar não casava. Gostava muito de ir aonde bem entendesse. Queria era tirar a criança. A mãe prometia uma coça. Mas abortar era melhor do que ter o filho sem querer. A mãe ameaçava com a polícia.

Acabou se mudando pra outra casinha, ali pertinho, com o pai do bebê, para escapar daquele inferno de bate-boca. Na noite do parto, tava sozinha. Foi pro hospital assim mesmo, sem avisar ninguém. A mãe vivia na igreja, o quase marido tava viajando... resolveu tudo por sua conta. Depois ainda teve aquela história de castigo. Falou tanto que não queria, acabou parindo filho morto. E o corpo? Nó, que brigalhada! Eles não se conformavam com a doação completa. Tava doado e pronto. Ia ajudar muita gente, servir pra estudo, coisa boa. E iam bancar as despesas do enterro? Ê, povo bobo. Não queria mais recordar as discussões. Concentrou-se no programa.

Quase no final, os apresentadores assumiram ar de seriedade para apresentar um vídeo amador que chocara o país. Nele, um homem tirava das águas da Pampulha um saco plástico, imaginando haver um gato em seu interior, e encontrava um bebê recém-nascido. Além da razoável qualidade de som e imagem do filme, havia detalhes espetaculares no resgate, capazes de impressionar a todos, como o fato de o saco ter sido afundado durante as tentativas, pouco antes de ser finalmente apanhado, erguido, depositado sobre a grama e, temerosamente, investigado. O impacto da matéria foi suficiente para fazer com que Valdirene se pusesse de pé. O salvador ficou aturdido ao deparar-se com a criança a ponto de não tirá-la do invólucro mortífero onde fora colocada — supunha-se — pela própria mãe. Atordoado, o cidadão correu à procura de socorro tendo nos braços a menina, o saco, os restos de água e folhas e tudo. Valdirene olhava para a tela com expressão de ódio.

Enquanto os jornalistas prosseguiam em sua narrativa, a moça pôs-se a andar de um lado para o outro e a falar sozinha. Deu um safanão na cortina de plástico que separava a sala da cozinha, arrebentando três ilhoses. Sua voz soava grave, quase gutural, como se forçasse passagem por sua garganta contra a sua vontade, independente dela, feito um bebê indesejado crescendo dentro do útero, empurrando a barriga, estragando a cintura, os peitos, impedindo os movimentos, a dança, chamando a atenção de todo mundo, estropiando a vida da azarada da mãe. Criança filha da puta, eu bem que disse que era pra tirar. Aí vem um e fala, vem outro e dá palpite, e na hora do vamo vê, euzinha é que tenho que pegar o boi pelo rabo. Mais filho da puta ainda é esse babaca, que diabo, sô!, que qui tinha que fuçar no saco? Deixava lá, não pensava que era gato? Salvador de gato dos infernos! Era igual a gato mesmo. Miando, miando, querendo mamar o dia inteiro. Deixasse lá. O vô afogava os gatinhos que nasciam em casa. Era rapidinho, acho que nem doía. E agora? E se a mãe encafifar? Será que ela vai chamar a polícia? Péra lá. Ninguém tem pista da mãe da menininha, coitadinha, né? Não. Ninguém filmou. Calma, ninguém filmou, eu olhei bem. Sem câmeras, sem gente por perto, botei dentro do saco, fechei e empurrei devagarinho na água. Joguei fora mesmo. Eu disse, eu disse que não queria. Vou deixar de ir pros meus bailes pra ficar limpando cocô? E depois?

Vai crescendo, andando atrás de mim feito sombra, nariz escorrendo meleca, mamãe, mamãe pro resto da vida? Tá feito. E não vai dar em nada. Daqui a pouco a polícia esquece. Fui burra. Devia ter botado uma pedra, ia logo pro fundo. Mas ninguém vai me achar. Muita mulher deve ter parido e saído de muito hospital no mesmo dia. E a sorte tá do meu lado. Caiu esse temporal fuderoso, só aqui já morreram seis. E ainda tem muito morro desabando. Não tô nem aí. Vou acabar de ver essa merda de programa e vou dormir tranquilinha.

Ao se acalmar, Valdirene percebeu que os jornalistas comentavam outro assunto. Falavam de um golfinho capturado no porto de Cumbria. Onde será que ficava isso? Ah, Inglaterra. Ela adorava golfinhos. Os apresentadores prosseguiam em sua linguagem bem trabalhada. Nosso primo dos mares aproximou-se muito das embarcações atracadas, possivelmente atraído pelo cheiro de cereais, de restos de peixes despejados por pesqueiros, por alguma inglesa de quem se enamorou, seguindo a lenda do boto. Feriu-se, emaranhou-se em redes, esteve prestes a afogar-se, como a menininha da Pampulha, quando um herói improvisado resgatou-o no último momento. Valdirene franziu o cenho. Iam falar naquilo de novo? Não. Diziam que a criança teria alta na segunda-feira. No mesmo dia, o golfinho ia ser solto numa praia lá. Ainda bem. Gostava de imagens de golfinhos, sempre com um sorriso estampado na cara. E apreciava a fala dos locutores. Dedicou-lhes total atenção, enquanto prosseguiam. O bom é termos essas boas notícias. Ela já vai sair do hospital. Ele já vai deixar o cativeiro. Vão agora enfrentar o resto de suas vidas, mas deram nova largada como campeões. E também é bom dedicarmos um momento de

nossos pensamentos aos homens que se viram repentinamente apanhados nas teias do destino, realizando tarefas
inimagináveis, devolvendo à vida um bebê abandonado
sobre as águas, devolvendo às águas uma de suas preciosas vidas. Também à criança e ao animal que renasceram,
contra todas as expectativas, mostrando-nos que há lugar
neste mundo para desígnios e esperança. Bonito. Revi-
gorante. Belo trabalho. Nem sempre temos a chance de
acompanhar grandes atuações do destino, mas ele sempre
trabalha. Desta vez, havia câmeras por todo lado. O mais
das vezes, há apenas belas nuvens por testemunha.

Valdirene apertou um botão no controle remoto,
desligando a TV, e enxugou uma lágrima solitária. Estava sinceramente emocionada com o texto. Dirigiu-se ao
quarto com a cabeça repleta de imagens de golfinhos sal-
titando nos mares. E, antes de adormecer serenamente,
murmurou, golfinho é tão maneiro, sempre com a cara
feliz... e fica lá no mar, na dele.

ENCANTOS D'AREIA

Lá no final da praia, já começando o mato alto e o pedregal, o vento do final da tarde chegou mais frio. Evaristo coçou a barba, olhando de longe a morena linda, ajoelhada na beira d'água. Diabo de mulher teimosa e burra. O marido e seu barco tinham sumido fazia pra mais de quatro meses e ela ali. Rezando na areia, toda tarde, às vezes de noite, de madrugada. Comendo uns peixinhos que conseguia pegar no raso, verdura mal e mal colhida nos fundos do casebre e caju. Ele já tinha deixado um xerelete dos grandes na porta. Uns dourados também. Ela jogou fora. Orgulhosa. Cheia de respeito, soberba. Mulher sozinha, ali, rescendendo... mais um pouco e ele ia chamar dois cabras de confiança pra fazer uma visitinha à viúva.

Esse pescador não reparou que a lua cheia vinha surgindo antes da noite, momento ruim pra ficar envolvido em maus pensamentos. A mais velha da aldeia sempre falava das horas importantes, dos ouvidos da Natureza. O mar sabe tudo, e o que não sabe o sol e a lua contam. Por isso mesmo, Airy escolhera a hora do nascer da lua, fosse de noite, fosse de dia, para pedir por seu amado. Queria seu homem de volta, sua vida de volta. O povo ali era bom, mas nem todos. Agora andavam botando peixes na sua porta. Estava cansada, sozinha e assustada. Algumas lágrimas turvaram seu olhar, assim como a cobiça turvava a visão de Evaristo, impedindo que vissem um brilho mais intenso entre as ondas e uma cara grande e sorridente.

No começo da noite seguinte, Airy esperava pelos primeiros sinais da lua quando percebeu uns reboliços no mar. Um bando de golfinhos fez uma apresentação, com muitas piruetas, saltos retos, diabruras que pareciam emoldurar os movimentos mais intensos do animal do meio. Quando tudo serenou, ele continuou a vir pro raso, cruzou a arrebentação e encalhou. Danou a fazer aqueles sons dos botos, pedindo socorro, com a cara grande e risonha virada pra ela. Airy pulou por cima do medo do mar escuro e empurrou o animal água adentro. Ele se foi, fazendo festa, brilhando sob o luar. Ela saiu triste das ondas. Tinha perdido a hora da reza. E perdeu de novo, a semana toda, porque os danadinhos voltaram toda noite, acompanhando o levante da lua. E lhe jogaram peixes.

Numa vila de pescadores tão pequena, tudo se sabia. Tinham visto a filha da índia brincando com golfinhos. Um dos pescadores reunidos na vendinha falou no perigo do boto que vem seduzir as moças. Outro, engolindo mais uma dose, lembrou que boto era o dos rios, e que a cabocla não era mais moça. Era uma cabrona danada de bonita e viúva, embora cheia dos seus respeitos. Evaristo se afastou com dois companheiros, rindo dos causos de botos, e foi tratar com eles do real perigo que a viuvinha corria, combinando o ataque para uma semana depois, já na lua nova, bem escuro. Depois deixariam um monte de peixes pra ela. E os três riram muito, caminhando na beira da praia, sem notar o vulto que os acompanhava dentro d'água, deslizando suavemente, observando-os como quem olha e ouve, captando os menores gestos e as mais sussurradas palavras.

Na véspera da lua nova, o golfinho chegou à praia pouco antes de Airy e já ficou encalhado, chamando, chamando. Ela andava muito ressabiada com aquela história e já tinha prometido deixá-lo encalhado, mas não resistiu. Entrou no mar e se viu engolida por um jorro de espuma, como se alguém tivesse jogado sabão em pó. Assim que pôde se levantar, tinha os braços em volta de um rapaz muito jovem e muito parecido com Inácio. Quando recobrou a voz, perguntou se era mesmo seu marido, se tinha virado boto. O jovem respondeu que era o contrário. Ele era um boto virado em Inácio. Airy correu em desespero e trancou-se em seu casebre.

Na madrugada da lua nova, Airy dormia um sono sobressaltado quando batidas na janela a fizeram pular da cama. Era o rapaz. Ela não queria abrir. Ele disse que viesse de imediato, pois corria perigo. Mais por força da saudade de Inácio do que por qualquer outra causa, ela afastou a pequena cortina de chita estampada e abriu a janela. Ele a tomou nos braços e tirou-a de casa como quem carregasse uma pena de arara. Escondidos no comecinho da mata, viram chegar Evaristo e seus comparsas e ouviram todo o espraguejamento por não terem encontrado sua vítima. Airy desmaiou.

Os primeiros raios do sol encontraram os dois na cama, abraçados. Ela achou que tivesse enlouquecido, mas na tarde daquele dia, indo vender uns peixes na praça, viu no olhar de Evaristo que os acontecimentos da noite anterior tinham sido reais.

Daí em diante, todas as noites eram romances. Ou

ela entrava na água, ou ele batia na janela. De vez em quando, se amavam na areia, se ele não farejava ninguém por perto. E ele ganhou aparência de homem feito, feito Inácio. Um dia ela tomou coragem e perguntou o que ele era. Ele respondeu que era um Encantado, o resultado de um encantamento que, em certos casos especiais, a Lua permitia e patrocinava. E convidou-a a conhecer o mar, nadar com ele. Ela relutou bastante, mas acabou cedendo. Uma noite, tomou fôlego e mergulhou fundo a seu lado. Quando quis subir, ele a reteve. Estupefata, ela tentou se debater, mas o homem cravou-lhe os dentes no pescoço, primeiro de um lado, depois do outro. Horrorizada, ela sentiu sua mão tampar-lhe o nariz e a boca, impedindo que engolisse mais água. E, em seguida, sentiu um estranho movimento nas laterais do pescoço, e o fim da sufocação. Respirava. Tinha guelras.

O tempo passou e a viuvinha virou lenda. Quase não aparecia, quase não vendia peixes, não comprava roupas e, se surgisse na praça, causava cochichos, porque estava sempre jovem. Os pescadores e suas famílias não esqueciam dos botos, do barco de Evaristo, virado de repente em dia de mar manso, matando seus três ocupantes. Um dos velhos jurava ter visto uma mulher, muito parecida com Airy, nadando em mar alto e com rabo de golfinho.

Na verdade, a viuvinha cruzava os oceanos, sempre bem junto de seu Encantado, e via maravilhas, incluindo um atol quase submerso onde se reuniam outros encantados e encantadas. Criavam adornos de conchas de todas as cores imagináveis, e celebravam a liberdade e a vida. E os dois sempre voltavam à pequena vila. Enquanto ele subia para respirar, ela ficava protegida dos olhares, dentro do mar. Se ficavam muito tempo nas águas, ele voltava à sua forma original e caçava para os dois. Em terra, virava Inácio e ela cozinhava pra ele. Passavam dias em ilhas desertas, dias na beleza da imensidão líquida.

Depois de quase vinte anos, ninguém mais se aproximava da casinha no começo do mato alto e do pedregal. Todos na vila sabiam que a viuvinha sereia ainda estava por lá, já que às vezes viam luzes à noite, ou o mato cortado de manhã. Numa dessas ocasiões, quando o sol se pôs e os dois se puseram a caminhar pela praia, o Encantado disse que seu tempo estava terminando. Vivera uma vida linda, e era hora de recompensar a Lua e o Mar. Ela sacudiu a cabeça em negativa. Com um abraço, ele explicou que ela poderia se renovar no mar enquanto quisesse, e quando não quisesse mais, bastava sentar na areia e esperar. Na manhã seguinte, ela acordou sozinha. Chorou. Foi ao mar várias vezes, pescou, comeu, esperou. Quinze dias depois, perguntou-se o que fazer da vida. Podia voltar à praça, a maioria dos velhos já tinha morrido, podia vender peixes, vender adornos de conchas. Ele teria morrido? Eles?

Sentou-se na areia e compreendeu que não iam mais voltar. Nem o pescador, nem o golfinho. Agora a solidão parecia imensa, uma ausência dupla, um frio de mar que vinha de dentro do peito. Depois de algumas horas, começou a sentir dificuldade para respirar e uma sensação de desfalecimento. Entendeu que bastava continuar na areia e aguardar o sono de uma lenta asfixia. Decidiu que era bom morrer assim. Talvez fosse mais justo virar comida de peixe. Mas, fosse como fosse, só depois de rever o Festival dos Encantados. E assim decidindo, correu para as ondas.

Céu negro

Estava por completo envolvida na lida do dia, quando a mudança no ar roubou sua atenção. Súbito, havia umidade forte. Cheiro de chuva. Lançou o olhar para fora e viu o céu límpido, tal qual o encontrara no amanhecer. Continuou arrumando os fundos.

Uma rajada de vento repentina a fez erguer a cabeça com expressão preocupada. Decidiu olhar lá fora. Por detrás das árvores se avizinhava uma formação densa, incomum. Nuvens muito escuras, extremamente densas. Se soubesse da existência de cortinas tão grossas, diria que o céu estava se transformando numa delas. E se fechando. Mas não sabia. Estava distraída com a rotina e não sabia da tormenta próxima. Agora sabe.

Precisa fazer alguma coisa. Sabe que vem vindo chuva grande. Uma lufada fria deixa-a arrepiada dos pés à cabeça. Teme o vento, a força da água, teme por sua casa, teme pela encosta, teme pelos pequenos. Sabe que seu companheiro vai chegar. Checa todas as possíveis aberturas. Quem quer água dentro de casa? Ainda mais uma casa tão especial, tão bem localizada, com aquela cobertura, tanto trabalho, tanto esforço. Ela não estará sozinha na tempestade. Ele vai chegar.

O primeiro trovão ribomba ao longe. Mas ela sente que vem em sua direção. Vê que nas colinas adiante as árvores estão muito agitadas. Com os ares assim tão rápidos, os voos ficam complicados. Mau tempo. Talvez ele não chegue antes do temporal. Outro trovão se faz ouvir, mais próximo. O vento começa a aumentar.

Ela entra e sai várias vezes. Os pequenos começam a ficar agitados. Numa das idas e vindas, vê um gato sair em disparada pela rua e uma família de micos partir como em fuga, de árvore em árvore. A situação é mais grave do que ela imaginava. É mais que uma chuva grande. Então percebe um vozerio ao longe. Não compreende as palavras. Vê gentes caminhando morro acima, batendo nas portas, gesticulando, falando, gentes saindo rápido das casas, gentes balançando a cabeça negativamente. E não pode observar mais nenhum detalhe porque sobrevém uma escuridão, como se o negror da noite invadisse o meio do dia. Pisca os olhos, tentando se adaptar rapidamente. O trovão seguinte soa como estalo, acompanhado pelo som das águas desabando de uma só vez da tromba que se formara.

De um salto, está junto dos pequenos. O pai deles não vai chegar, a fúria dos ares tomou-lhe a frente. O vento começa a sacudir tudo. Esgueira-se para olhar a rua novamente. Agora é um rio, arrastando o que houver por carregar. Sente um impacto. Sua casa está em perigo. No meio do barulho perturbador, distingue gritos. O morro começa a deslizar. Vê gentes saltando de casas partidas, tentando se equilibrar sobre a terra mole em movimento. Vê cães, galinhas e até bois correndo atabalhoadamente. Fica atônita. Está só, no meio da tormenta. Pior do que isso: tem os pequenos.

Balança a cabeça de um lado para o outro, procurando uma ideia, uma saída, uma solução. Depara-se com a formação rochosa, a uns quinhentos metros, que conhecia bem. Sente novo impacto, mais forte. A avalanche lamacenta está muito próxima. Precisa tomar uma decisão.

Sacudindo a cabeça como quem espanta tudo que é inútil, ela se volta para dentro. Sente sua casa começando a se inclinar. Sozinha, não pode salvar os dois filhotes. Agarra o maiorzinho com as garras da pata esquerda e com a direita dá o impulso que os projeta para fora, para o vento em reboliço. A custo consegue cortar as rajadas e alcançar o buraco nas pedras conhecidas. De lá, ainda tem tempo de ver a árvore que habitara se partir, derrubando o ninho raro, o segundo filhote, folhas, frutos, tudo rolando na enxurrada. Parte dela experimenta um sentimento inominável. Uma perda profunda. Outra parte sente gosto de vitória. Arrisca-se até a beirada para olhar uma vez mais. Busca alguma coisa? Lá embaixo, humanos se arrastam para escapar do deslizamento ainda em curso. Uma fêmea deles grita com toda força, segura por dois machos. A gaviã estende a vista e enxerga um humano pequeno rolando na torrente de lama e pedra, já bem distante. Percebe que a outra fêmea também perdera o filhote. Compreende que escapara no momento exato, por uma fresta entre vida e morte. Então solta seu grito agudo, um pio desesperado por tudo à sua volta. O filhote sobrevivente responde. Tem o focinho um pouco ferido, mas está vivo e assustado. A mãe gaviã dá as costas às perdas e à borrasca para agasalhar seu rebento, recolhida à simplicidade da natureza.

LIDO NOS OLHOS

Já vi essa cabrona antes. Muita vez. Não, tô mentindo, é pouca, mas é todo ano. Trabalho aqui desde os quatorze e faz tempo que todo ano ela vem. Eu nunca atendo, mas ela vem. Sempre no Cosme e Damião pra comprar doce. Diz que o preço aqui é bom. Como é que ia esquecer desse jeitinho, dessa cintura fina? Toda altiva feito rainha e quando fala, ai, meu Padim Ciço! Se eu fosse um pouco mais alto ia tentá me chegá. Ia nada. Quem sabe? Às vez a mulé é bonitona, tem dinheiro, roupa chique mas tá sozinha, é como o povo diz: carente. E eu ia me chegando pé por pé, devagarinho como quem vai espiar por entre uma cortina... Ia nada. Sô branco, minha cabeça num é chata, mas tem esse problema da perna... ela tá vindo na minha direção, vai começar o jeito de perdidinha nas prateleira, num acha nada, precisa é de um home. Tá chegando perto, falo ou num falo? Ela deve de ser importante, vem comprar aqui porque é sovina, tem de guardar dinheiro pra bebida cara, roupa, teatro. Não é pro meu bico. Ê, mané, para de pensar besteira, já tô ficando encabulado. Vou falar.

Pergunto se precisa de alguma ajuda, responde explicadinho, antes de tudo se alguém pode ajudar a botar as compras no carro ali na esquina, eu mesmo levo pra senhora. Ela pergunta se o senhor pode me mostrar os doces tradicionais, tá falando de maria-mole, pé-de-moleque, eu entendo, pego o carrinho e já vou guiando ela loja adentro e escutando. Êta voz danada de mansa! Entra assim pelas orelha e se escorrega, vai entrando sem nenhuma cerimônia mas como se dissesse dá licença de invadir? Parece assim um chamego, um carinho, que é coisa difícil hoje em dia, arre! que tô me arrepiando, só me falta ficá vermelho, sô macho, pô. E se tivesse assim qualquer esperançazinha eu ia me chegando, feito quem vai tirar pra dançá um forró. Ia nada, eu não danço. Com essa perna não dá. Mas posso imaginá o rebolado que essa doidja tem, se ondulando toda feito cascavel balançando o maracá... sai pensamento dos inferno, acorda, Zé! A madame qué da outra paçoquinha!

Agora ela pede chocolate. E ela pede. Fala baixinho, delicada feito flor assim que fulora, o senhor pra lá, o senhor pra cá. Moça fina. Deve de ter mais idade que eu, mas tem outra vida. É por isso que ela tá aqui, do meu lado, me agradando com essa doçura, e ao mesmo tempo tão longe. Coisa de vitrine bacana, parece pertinho da mão mas tem o vidro, a gente não pode pegar. Acabamos. Foi isso mesmo que ela disse, empurro tudo até o caixa, vou ensacar pra senhora, daquela lonjura vem um por favor, ela nunca responde sem me olhar. Paga em dinheiro, brinca com a moça do caixa, abre um sorriso, eu erro tudo, o papelão não me obedece, quem mandou pensar tanto? Sai andando na minha frente, faço gosto no papel de carregador. Um perfume fraquinho vai me puxando, eu podia farejá essa mulé em plena caatinga e lá eu ia me chegá. Ia nada. Esses pezinho fininho nessa sandália pelada nunca viu terra seca. Melhor me apressá que o sinal vai abrir.

Tudo arrumadinho na mala, pergunto se vai dá pra fechar, ela responde sempre mansa acho que sim, vamos tentar? como se não mandasse nada, nunca, sempre esperando quem lhe bote um pouco de mando. Ô falsidade danada de boa. É hora da gorjeta. Cinco contos e aquele muito obrigada que ela fala direitinho enquanto olha nos meus olhos, como gente olha pra gente. Desvio depressa. Não quero que ela veja que fiquei muitcho feliz pela grana mas também pelas palavra, pelo perfume, pelo olhar. Sei que num é pro meu bico, mas não entrego de bandeja. Sô manco mas num sô burro. Mulé tem que pensá que o home sempre pode, tá sempre por cima.

Agora ela entra no carrão dela. Eu puxo meu carrinho e vou chegando, num tenho nada que olhar de novo porque essa eguona, boa de montar, também deve de ser boa de ler. Não tem gente que lê na boca e sabe de longe o que a gente tá falando? Essa deve ser das que olha nos olhos e lê o pensamento.

Os Ossos do Profeta

Paola pedira, Pérola prometera. Portanto, participaria.

Não se tratava de uma brincadeira, nem de uma festa. Chegara o momento de exumar os restos mortais do pai da primeira, padrinho da segunda, para transferi-los ao jazigo da família, que passara por um período de lotação esgotada. Curiosamente, nenhum familiar do sexo masculino estava disponível para o evento. Aliás, Paola confessaria mais tarde não ter nem tentado. Obtivera a promessa da prima. Bastava.

Era fevereiro e o sol rugia furioso desde as seis e meia da matina, enquanto escalava um céu de deixar gringo tonto. As duas mulheres seguiram tranquilas no carro refrigerado de Pérola, mas acabou o conforto no exato instante em que puseram os pés no estacionamento em frente aos portões do Caju. Não era apenas o calor já forte. Pérola temia alguma reação mais emocionada da prima. Afinal, tratava-se do pai dela.

Mantiveram uma conversação amena, aquele exercício de suavizar as coisas, enquanto aguardavam o coveiro. Meia hora depois o papo tinha murchado, e Pérola estava a ponto de ir tomar satisfações quando o rapaz apareceu.

Caminharam em silêncio, as memórias ativadas pela situação, um leve aperto no peito. Pérola imaginou que seu padrinho não teria maiores dificuldades. Ele era o cara mais desprendido do planeta. E, para os moldes de sua geração, doidaço. Pérola não conseguia lembrar de onde lhe viera o apelido Profeta, e não era hora para perguntar. Permaneceu calada.

Na verdade, o Profeta tinha sido um magricela danado de abusado na juventude. Nos anos 1940, seu apelido era outro: trinca-espinha. E quando arrumava encrenca não titubeava: "Eu sou magro, mas quero ver tu encarar meu primo-irmão. Vou chamar o Parrudo!", e lá ia o pai de Pérola para uma briga agendada. Estavam sempre juntos. Exceto no trabalho, já que Parrudo fora para o comércio de secos e molhados e o Profeta entrara no ramo da corretagem imobiliária, só deixado na aposentadoria, tendo sido, nos últimos anos de profissão, o gerente de vendas de uma gleba, coisa enorme, na área rural de Magé. Os dois primos se casaram, cada um batizou a filha do outro, formaram famílias que continuaram muito unidas.

Agora o rapaz arrastava a pesada tampa de cimento, abrindo completamente o túmulo, diante das primas silentes. Um tiquinho antes, Pérola puxara Paola delicadamente, sugerindo que se afastasse um pouco por conta de possíveis baratas. Na verdade, temia que a decomposição não estivesse completa, como ocorre em algumas exumações, gerando uma visão muito desagradável. E tinha outra razão de inquietude. Na falta de um verbo adequado para o tipo de fenômeno em atuação, ela diria que via, com nitidez e sem participação da retina, ou seja, percebia uma imagem pronta, formada direto no cérebro, ou seja, clarivia ali, ao seu lado direito, seu padrinho e seu pai, de pé, fazendo-lhes companhia.

Nada demais comentar tal tipo de ocorrência com outra pessoa espiritualista, como era Paola, mas a hora era muito imprópria. A clarivisão continuava lá. Sem outra comunicação. Sem gestos ou olhares. Apenas os dois senhores acompanhando a cena.

Para grande alívio, estava tudo perfeitamente limpo. Ossos puros, retirados da confusão em que se transformam os túmulos abertos: restos de tampa de caixão, roupas esfarrapadas, botões corroídos, tudo opaco, como se envolvido por transparente cortina marrom, tecida com o pó das Escrituras.

O coveiro falava sem parar, à medida que colocava osso por osso na caixa para transporte e guarda. Pérola reparou na limpeza do crânio do Profeta. Quase lhe podia reconhecer o rosto. O homem continuava a falar na necessidade de cremar os restos mortais para ganhar espaço, os preços absurdos, ajuda mútua, família com coveiro, abre-se um buraco no fundo da sepultura e enterra tudo mais pra baixo. Algumas lágrimas discretas desciam dos olhos de Paola. Ela perguntara por que manter as meias, o falador respondera que era para não perder os ossinhos dos dedos dos pés, Paola limpou o rosto com uma das mãos, continuando a tentar acompanhar o papo lambuza-selo do coveiro toupeira cremador. Pérola estava irritada. Abriu a boca e disse, alto e claro, que era só tocar fogo no capim seco da área de sepulturas rasas, ali ao lado, provocar o incêndio geral e cremar tudo de uma vez. Ficou aturdida. A frase não era sua. Tinha profundo respeito pelos cemitérios, e a qualquer um chamava campo santo. A frase era típica do Profeta. Os dois falecidos continuavam ali, e Pérola teve a impressão de que seu padrinho esboçava um sorriso. Paola olhou-a de soslaio. O coveiro tagarela perdera o rumo da prosa. O trabalho estava terminado.

O moço fechou a sepultura, colocou o ossuário debaixo do braço e dirigiu-se ao jazigo onde iria depositá-lo. Paola apanhou a placa de mármore branco deixada ali três anos antes e o seguiu. Pérola foi logo atrás. A clarivisão cessara um pouquinho antes, quando mostrara à sua prima a linda borboleta laranja e preta a bailar sobre suas cabeças. Caminharam em silêncio por alguns minutos, até que ela se ofereceu para carregar a lápide. Paola agradeceu, balançando a cabeça negativamente. A placa parecia pesada. Mais cinquenta metros, e Paola começou a envergar para a direita. Pérola poderia ajudar, mas já tinha oferecido, e, afinal, o pai era da outra. Paola ficou torta como se a lápide em mármore pesasse vinte quilos. Pérola ofereceu-se novamente. A prima respondeu quer carregar? Carrega.

Pérola levou a peça até o jazigo. Não sabia se estava agradando, não via mais ninguém, exceto os vivos. Esperou quieta pela nova abertura de tampa, testemunhou o depósito do ossuário de seu padrinho junto aos restos mortais da esposa, sua madrinha, e aguardou, sem abrir a boca, que a tampa de granito fosse fechada, sustentando nos braços os cinco ou seis quilos da placa. Entregou-a a Paola para que ela a colocasse no novo lugar. Não sabia se a prima a considerara enxerida, se ficara com ciúmes. Só sabia que sentia uma surpreendente e quase irresistível vontade de tomar uma cerveja muito gelada.

Tudo concluído, as duas mulheres voltaram a caminhar pela alameda central, em direção à saída do cemitério. Pérola quebrou o gelo instalado lá no transporte do "descanse em paz", falando das flores. Não podia resistir à beleza das plantas. Topara com uma linda, com flores vermelhas estreladas, que nunca vira, nem mesmo em fotos. Paola falou da borboleta, que interpretara como resposta de Iansã. Tinham feito tudo certo. Já que o assunto viera à baila, Pérola falou da clarivisão e da vontade louca de abrir uma loura gelada. Paola arregalou os olhos e contou que, no primeiro oferecimento de ajuda da prima, dissera não, obrigada, porque achava que era seu dever carregar a placa feita para seu pai. Então a placa começara a pesar mais e mais, como se alguém tivesse se pendurado nela, ao tempo que ouvira (usado aqui também por ausência de um verbo apropriado) a voz do pai a dizer "minhas duas filhinhas..." Em seguida o peso aumentara a ponto de curvá-la para a direita. E quando Pérola se ofereceu novamente, a voz do Profeta voltou, e disse "deixa ela carregar um pouquinho". Aí foi vapt-vupt. Passou a placa imediatamente.

Deixaram o campo santo, saindo de costas para a rua, como sempre faziam e esbarraram numa barraquinha, com uma senhora vendendo refrigerantes e água. Cerveja? Necas de pitibiriba. Paola apontou um pé sujo, logo em frente, perguntando se a prima toparia ir lá. Topou.

Entraram no boteco e pediram uma Skol. Só garrafa. Desce. Veio uma toda embranquecida pelo frio. Aquela estava gelada. Cumprimentaram o moço do bar pela temperatura da bebida e ergueram um brinde ao Profeta. Beberam prazerosamente, pagaram e já se viravam para sair quando se entreolharam e caíram na gargalhada. O moço no balcão achou muito estranho o jeito daquelas duas mulheres, saídas do cemitério, que, às dez e meia da manhã, curtiam uma cerveja como se fossem dois homens, e depois morriam de rir olhando um cartaz afixado na parede, tentavam fotografá-lo e saíam abraçadas, em plena luz do sol, às gargalhadas. O que havia de tão especial numa cópia xerox, colada na parede, com os dizeres "Vendo Terreno em Magé"?

SACANAGEM

Oi, Heloíza, cê tá aí? Tudo bom? E o André? Tudo bem, né? Deixa que eu termino o cabelo dela, Bete. Deixa que a Esterzinha vai dar o toque final.

Seu cabelo tá ótimo, vai mantendo as hidratações, tá? Esse modelador quente e frio é o máximo também, né não? Lembra uns anos atrás? Baby-liss pra isso, chapinha praquilo, secador, umidificador, um pandemônio no salão. Ai, garota, tô falando sem parar, né? Tô meio nervosa. Hoje é aniversário de morte da minha tia Vanda, sabe a tia Vanda? Lembra? É, aquela que adorava cachorro, tinha um cinza do olho azul, vocês ficavam conversando à beça, aqui no salão. Pois é, faz três anos. Não, tudo bem, chegou a hora, foi. Ela teve uma vida boa, gostava de ficar no sítio, tinha os bichos dela, aí vinha toda semana, ficava com o filho, vinha aqui fazer os cabelos, as unhas. O filho dela, meu primo, né?, ficou importante e eu dei de cara com ele hoje. A gente quase não se vê, só mais no fim do ano, ele é muito rico, mas eu cismei de ir lá no cemitério levar umas flores. Ele tava lá assim, meio triste, e me lembrei da sacanagem que aprontei pra ele. Mas foi sem querer, sem pensar. Te contei a história? Não? Vou te contar.

A tia Vanda comeu o pão que o diabo amassou antes

de casar. Nossa família morava lá em Campos, mas lá no brejo mesmo, minha mãe, tia Vanda, tia Nora, o vô e a vó. Vai daí, tia Vanda conheceu um cara num baile, sei lá, foi pra lá, foi pra cá, ficou grávida. Vê se pode! Que bobeira. Quando não deu mais pra esconder, meu avô ficou louco, fulo dentro das calças, botou ela pra fora de casa. É, garota, ainda existe gente muito atrasada nesse mundo. Minha vó quase morreu. Ele largou ela na rua, sozinha, e foi embora. Depois que bateu as botas e ela ficou bem de vida, quando a gente voltou a se visitar, ela contou que veio enfiada no ônibus, aos trambolhões, até parar na Cinelândia. Olha só, o próprio pai, né? Ele largou ela ali na praça e falou olha, aqui tem muita puta igual a você. Dá um jeito de se virar com elas e não me apareça em Campos pra me fazer vergonha. Num quero te vê nunca mais. E foi embora. Ela tinha dezesseis anos. É, uma barbaridade. Aí ela disse que ficou tão desorientada, sem conhecer nada, foi andando, chorando, saiu numa avenida grande. Era a Augusto Severo, ela deu de cara com um monte de traveco mostrando a bunda, ficou apavorada. Atravessou a rua e ficou sentada no meio-fio, em prantos, desesperada. Foi quando apareceu um carrão com um senhor dentro, arrumado, bonitão, parou e perguntou o que tava havendo. Tia Vanda ria quando contava que explodiu em pranto, dizendo meu pai me jogou na rua, eu não sou daqui, não conheço nada, sem sacar que a sorte grande tava ali na frente dela. Cê sabe que ele desceu do carro, sentou do lado e ficou consolando? Acredita? Pois foi.

Olha de leve a Bete querendo bisbilhotar. Doida pra farejar qual é o assunto. Agora eu queria ter uma cortininha aqui. Todo mundo fala que mulher quando se junta só fala de homem, né? Verdade. Tô falando de homem, mas não é como ela pensa. Tô falando do seu Olavo, grande alma. Sabe que com muito jeitinho, muita paciência, ele convenceu a tia Vanda a ir pra casa dele. Resumo: a casa era um apê tríplex , na Atlântica. O tal do Olavo era podre de rico. E honesto. Ficou sabendo da gravidez, da história toda, mandou a empregada ensinar o serviço pra tia Vanda, contratou, assinou carteira, cuidou de tudo no parto e se apaixonou pelo bebê. *Seu* Olavo era gay. Mas não gostava de bagunça, não. Tinha uns amigos, uns namorados, mas em casa era tudo discreto. Só dava umas festinhas de vez em quando. Mas meu primo foi crescendo e ele foi acabando com as festinhas. No aniversário de sete anos do Alexandre, meu primo, seu Olavo perguntou se ele queria ser filho dele. Meu primo já adorava o cara, né? Pulou no pescoço. *Seu* Olavo, aliás, o senhor Olavo, como tia Vanda fazia questão de chamar, fez a proposta, preparou uma festa chiquerésima só para os íntimos e convidou a gente. É... achou o endereço e bumba! Mandou o convite de casamento. Tia Vanda virou madame, com empregadas, motorista, sítio, bicho, o escambau. Viajavam, iam ao teatro, meu primo tinha do bom e do melhor, só não faziam sexo, porque ele não gostava muito da fruta. Tia Vanda nunca reclamou e nunca saiu da linha. Acho que ficou traumatizada.

Bom, o tempo passou, tia Vanda ajudou a gente, passamos a nos frequentar. Eu adorava aquele apartamento e aquela vista, meu Deus, o terceiro andar é menorzinho, dá pra ver os de baixo, todo gramado, com uns coqueirinhos, palmeirinha, sei lá, uma coisa do outro mundo. E eu tinha um pouco de olho grande, sabe? Aí o Alexandre já trabalhava com o pai e conheceu a Aline. Eles tinham uns vinte e poucos anos. Ela era muito ciumenta. E o senhor Olavo adoeceu. Não foi AIDS, não, o cara era todo cuidadoso, gente fina. Foi uma moléstia hereditária, sabe esses troços genéticos? Doença degenerativa. E começou a minguar. Tia Vanda cuidou dele pra valer. Alexandre assumiu todos os negócios e não saía da cabeceira do pai. Foi aí que a Aline pirou no tema. Eles estavam planejando o casamento, já iam ver apartamento, porque a doida não queria morar com os velhos, mas o Alexandre pediu uma pausa pra cuidar do pai. Ela ficou neurótica, começou a achar que tinha outra, um rebu. Nessa época, eu queria montar um salão de beleza, tava a fim do meu próprio negócio e nem considerei a situação em que eles estavam, fui logo pedindo empréstimo ao Alexandre. Meu primo disse que não ia me emprestar, ia me dar um dinheiro pra abrir o negócio, mas que eu esperasse um pouquinho, uns trinta dias, porque tava com despesas muito altas e um dinheiro preso, coisa de investimentos, pró-labore, sei lá. Ele tava pedindo um tempo pra tudo, sabe?, um tempo pra Vida. Acho que tava adivinhando que ia ficar sozinho. Coitado do Alexandre.

Bom, eu também pirei no tema e enfiei na cabeça que ele não ia me ajudar. Logo ele, milionário, me negar uma quinquilharia pra eu trabalhar? Me deu ódio. Aí encontrei a Aline num shopping e fomos tomar um *cappuccino*. Ela começou a derramar a maluquice, que ia contratar um detetive, que ele tinha outra, e eu, inconsequente e cheia de raiva, lasquei um vai ver que o amante tá em casa mesmo. Ué, ele é filho adotivo do Olavo, enteado, filho da empregada, criado feito um príncipe, e o Olavo é viado. Ai, se arrependimento matasse... Nunca esqueci a expressão dela. Olho arregalado, primeiro ficou branca como se fosse desmaiar, depois vermelha feito brasa. Pegou a bolsa e saiu. Eu tremi. Ela foi lá na casa deles, e deu um ultimato ao Alexandre: ou ele resolvia logo o casamento, ou ela ia ter certeza de que era amante do próprio pai. Meu primo ficou indignado, brigaram, e a louca jogou esse papo na rede. Minto, nas redes sociais todas. Falando que tinha rompido com ele porque uma pessoa da família tinha contado o caso todo. Foi um escândalo. Ai, vou tomar um café, cê quer um?

Toma. Pois é. Quase todo mundo sabia que o Olavo era gay, mas ele era um cara discreto, sóbrio, era homossexual, não transformista. E louco por aquele filho que considerava seu, criado com respeito, e hétero! Garota! Comentários, trotes, meu primo teve de encerrar as páginas dele, até nos negócios respingou um pouquinho. Contei pra minha mãe o acontecido, ela só faltou me dar na cara. Me pegou pelo braço e fomos lá, prestar satisfação.

Encontrei um Alexandre arrasado. Era depressão, tava na cara. E ele tentando segurar a onda. Olavo entrevado, na cama, tia Vanda muito abalada. Contei da conversa com a Aline e pedi perdão. Ele, outra vez, me pediu um tempo. Dessa vez eu dei. Uns três meses depois, a maluca da Aline publicou um desmentido, mas desmentidos nunca têm a força de efeito das calúnias, né? E tentou voltar pro meu primo.

Ele tava melhor, fazendo análise, psiquiatria, terapia, sei lá, e não quis papo com ela. Quando ela percebeu que não conseguia falar com ele, mandou os pais, em embaixada, pra pedir desculpas e dizer que queria reatar. Tia Vanda disse que o Alexandre explicou a eles, muito calmamente, que não podia voltar porque não podia suportar a mesma dor mais uma vez. Dizia que o rompimento doía fisicamente, assim, no osso do peito. Tinha certeza de que se Aline aprontasse novamente, ele ia morrer. E não voltou mesmo pra ela.

Passados uns quatro meses, o senhor Olavo faleceu. Tia Vanda e Alexandre estavam na cabeceira, eles nunca internaram o velho. Fomos ao sepultamento e meu primo me chamou num canto. Me deu um cheque, uma grana preta pra eu abrir o salão, umas indicações de advogado, contador, e me disse que esquecesse o passado. Claro que não consegui. Ele foi se recuperando aos poucos, passou a sair com umas garotas, virou garanhão. Nenhuma se enfia na casa dele, nenhuma entra na vida dele. Ele se fechou. Mais ou menos dois anos e tia Vanda desencarnou dormindo, uma benção pra ela, um choque pro Alexandre. Fomos pra lá. Levei ele pro quarto, sacudi o homem pelos ombros até ele chorar, se descabelar, desabafar. Nunca vi tanta tristeza guardada. Ai, vou manchar meu rímel. Cê acredita, Helô, que ele não tinha raiva, não gritava, não reclamava, só chorava feito criança perdida da mãe? Eu também quase morri de chorar.

Pois é, amiga, hoje eu dei de cara com ele, lindo, terno impecável, aquela postura elegante, perfumado, multimilionário, empresário premiado na imprensa, mas um pouco daquela tristeza ainda estava lá, nos olhos dele. Foi por isso que eu fiquei mal. Ele sempre festeja o Natal e o réveillon com a família que tem: nós. No trinta e um de dezembro, também convida uns amigos, gente de negócios, assim. Tem sempre um mulherão ao lado, mas nenhuma dura mais de três meses. Ele ajuda muita gente, instituições de caridade, paga a escola dos sobrinhos postiços todos, meus filhos, os da Jana, os do José, e escolheu um dos melhores colégios do Rio, tá? Disse que anda pensando em se casar e ter filhos, mas ainda tá procurando uma mulher legal. Tenho medo de que o trauma não deixe ele encontrar. E eu tenho parte nisso. Ai, meu Deus! Se você visse como ele trata a gente, como ele trata as crianças, os presentes que dá... Acho que ele me perdoou. Ele é bem igual ao pai dele, um grande homem e muito generoso. Eu é que sou meio filha da puta.

DIAVOLO

— Bom-dia, dona Mercedes.

— Bom-dia. Apresse o passo. Você está atrasada e isto é, no mínimo, deselegante.

Deselegante. Pois sim. Deselegante era a perua quatro por quatro, virada de rodas pro ar em plena Rodrigues Alves, pousada na dianteira de um táxi, atrapalhando meio mundo. Deselegante era o festival de palavrões que o taxista ainda berrava a plenos pulmões quando o ônibus conseguiu passar pelo epicentro do tumulto. Imagine o que não dissera logo que recobrara o fôlego. Pois sim. dona Mercedes ia gostar dos pretéritos mais-que-perfeitos. E detestar o palavrório que o azarado vociferava, soltando bocadinhos de cuspe pra todo lado. Deselegante era andar até a loja trincando as coxas, porque o atraso no engarrafamento fazia a bexiga quase explodir. E ainda ter de ouvir que estar dez minutos atrasada é deselegante.

— Me desculpe. Houve um acidente feio. Uma caminhonete caiu da Perimetral em cima de um táxi que passava na Rodrigues Alves.

— Meu Deus! Me conte enquanto troca de roupa, Alice. Vamos, eu a acompanho. Sinto muito, mas você não tem tempo pro café. Morreu alguém?

Muito bom. A bruxa queria saber se alguém tinha empacotado. Não, não tinha. E ela seria capaz de jurar ter visto certo ar de decepção no semblante da chefe da loja enquanto narrava a ocorrência, calçando as meias finas. Agora a saia justa, o blazer, retocar o cabelo, correr, correr. E pensar que ela não considerava deselegante a funcionária bonita, sentada em muito boa postura, na linha de frente da joalheria, com o estômago roncando de fome. Pois sim.

Aos poucos, sua respiração foi voltando à normalidade, assim como os pensamentos, e a habitual ausência de clientes nas primeiras horas permitia divagar. Observou quanta sorte tiveram o motorista e a passageira do táxi atingido, saindo ilesos de um tal atentado. Sim, uma caminhonete desgovernada caindo de um viaduto bem no seu carro! É tentativa de assassinato. Se cai no meio, esmagava os dois. E o barulho? O estrondo? Nossa Mãe do Céu! Eles escaparam por milagre. E será que isso de milagre existe mesmo?

A colega ao lado puxou assunto, uma frivolidade qualquer. Alice pensou que seria um milagre se ela falasse alguma coisa relevante. Respondeu sem dar maior atenção, mas cuidando para não ser deselegante, salve dona Mercedes. E concluiu que estava sendo injusta com os céus por duvidar de eventos milagrosos. Do jeito que iam as coisas, continuar viva todo dia já era demonstração bastante da ação da Providência. E devia parar de implicar com a pobre da colega. Com a rica da colega, na verdade, que não falava três idiomas, como ela, mas vinha de uma família classe AA que lhe arranjara aquele emprego, já que os estudos não lhe constituíam assim uma grande paixão. Muriel não precisava de maiores esforços. E a nova perua que acabara de entrar, pelo visto, também não.

A cliente tinha aquela expressão de estou procurando algo especial, típica de quem não tá muito a fim de comprar nada. Que diabo! O engarrafamento e o acidente tinham mesmo lhe estragado o fígado. Era forçoso reconhecer que a dama exalava elegância. Era bonita. Tinha carisma. Era preparar o sorriso adequado e esperar que ela olhasse o quanto quisesse.

Ao tempo que observava a potencial compradora, Alice percebeu que o som ambiente despejava agora o Minueto em Sol, de Bach. Lá, lá-lá-lá-lá-lááááá, lá... Era bom tocar piano. Esse minueto singelo e maravilhoso, com seus ornamentos. Eram meio proibidos na época de sua composição. Eram chamados *diavolos*, ou coisa parecida. Que nome. Sentiu um arrepiozinho. Riu por dentro. Estudar, treinar, treinar. Os clássicos. Um prazer. Depois, a literatura. Os idiomas. Outra vez clássicos. Tantos estudos... emprego de vendedora de joalheria. Pois sim, era melhor do que milhares de outros, joalheria top de linha e muito elegante. Riu por dentro, de novo, com amargura. Estava rindo de si mesma, com desdém. Imediatamente, lembrou-se de uma cena antiga. Já rira assim antes. Mas de outrem (salve dona Mercedes). Sacudiu levemente a cabeça para afastar o pensamento. Ele teimou em ficar. Era adolescente quando uma colega convidou-a a visitar um centro de Umbanda. A garota costumava ir lá se consultar. Não era melhor ir ao médico? Aceitara, por diversão. Gostava de dizer que respeitava a liberdade de culto dos outros, mas, francamente, aquelas roupas, danças, as pessoas... tudo meio ridículo. Ainda pensava assim. A diferença era que, na glória dos seus quatorze anos, não disfarçava sua opiniões como agora. Ainda não era diplomática.

Lá chegando, deparara com umas cenas bizarras. Gargalhadas, trajes em vermelho e preto, tridentes, charutos, bebidas. E a colega insistiu para que falasse com a Pomba-Gira. A mulher não era exatamente bonita, mas, sim, magnética. Atraía os olhares com seu sorriso estranho, muito aberto, algo entre o convidativo e o maléfico. Arrepiou-se atrás de seu balcão vitrine. A provável cliente estava mais próxima, as memórias mais vívidas. Lembrou-se de ter aguardado perto de uma árvore, para onde a coleguinha a tinha praticamente empurrado, enquanto a moça de vermelho e preto atendia uma senhora de pele escura, cabelo pixaim, ai, que expressão politicamente incorreta, roupas simples, surradas. Uma mulher pobre, como quase todos os presentes ali, tudo muito diferente das escolas que frequentava, da casa em que vivia antes de seus pais morrerem e de sobrevir a bancarrota, muito diferente da loja onde trabalhava hoje, cercada de ouro e diamantes, apesar da vida limitada a que seu salário a obrigava. Agora morava na Tijuca, preservava um emprego aquém de seu potencial e sentia saudades do piano. O minueto continuava a exibir seus *diavolos*, a cliente continuava a admirar as peças, lentamente, e, se a visse com suas roupas originais, talvez a considerasse tão pobre quanto a senhora negra no terreiro, também da Zona Norte. Tudo é relativo.

De lá, sob a fronde de uma figueira brava, ouviu parte do diálogo. A senhora dizia estar contando com a ajuda da outra, a quem chamava Padilha. A mulher sorridente respondia pode deixar, eu vai tomar conta, moça, tudo num português acidentado com sotaque pleno de chiados, um troço engraçado. Alice olhou para sua colega, do outro lado do quintal, aguardando para falar com outro cara com roupa do Flamengo. Balançou a cabeça negativamente e sorriu com deboche. A Pomba-Gira aproximou-se, erguendo o chalé vermelho com lantejoulas douradas que levava aos ombros. Cobriu toda a cabeça, deu mais uns passos firmes e deslizou o acessório para baixo, descobrindo a testa e os olhos. Parecia uma mulher árabe com o véu. Olhos com cortinado. Olhou-a de cima e disse sem mais rodeios que não se devia ir à casa alheia para debochar dos donos. Era impressionante como recordava tão claramente a cena, a ponto de ressentir a estranheza causada pelo fato de o sotaque ter mudado quando a mulher lhe dirigiu a palavra. Virara um leve acento espanhol. A senhora mal vestida se afastou rapidamente e a Padilha continuou. Disse-lhe que a sorte lhe sorriria, era seu destino, e era um destino ímpar, extraordinário, mas só depois que sua arrogância tivesse se dissipado, junto com algumas proteções que sua mãe lhe dera. E concluiu de modo peremptório, dizendo as coisas vão melhorar quando eu me lembrar de você e você se lembrar de mim. No terreiro, quinze anos atrás, achara tudo muito teatral. Ridículo. Hoje não pensava mais assim. E não entendia porque aquela torrente de recordações naquela hora. Tudo bem. O acidente, as considerações sobre milagres, uma coisa puxa a outra. Tornara-se uma pessoa mais afável, mais simples e um pouco mais serena. Realmente, a vida lhe ensinara muito sobre humildade e paciência. A vida e dona Mercedes.

A cliente disse bom-dia e derramou elogios sobre o lançamento exibido na vitrine externa e na interna, à direita de Alice. Tratava-se de um cordão comum, com a réplica do símbolo de um filme em cartaz: um escarpim cujo salto formava um tridente invertido. Gracioso era, mas nada tão encantador quanto achava a jovem senhora, quase em êxtase. Quase ridícula. Um novo arrepio percorreu-lhe a coluna, da base até a nuca. Repreendeu-se mentalmente com severidade e dirigiu à deslumbrada freguesa genuína atenção. Ela se voltou para a vendedora, olhando-a nos olhos, estendeu a mão em direção ao colar com o sapatinho de salto de tridente e pronunciou eu o quero, como quem se declara a um amante. Alice voltou-se para apanhá-lo e recuou um passo. O mostrador estava vazio. Virou-se para a compradora para desculpar-se e dizer que ia buscar outro colar daqueles e viu-a de olhos cerrados, a mão esquerda fechada, uma expressão de prazer profundo, sorvido devagar. Alice tocou a vitrine para ter certeza de que ainda estava fechada. Estava. Teve muito medo de encarar sua cliente, mas não encontrou alternativa. A jovem senhora estendeu-lhe a mão ainda fechada, abriu-a lentamente, exibindo o colar recém desaparecido, e perguntou o preço. Alice apanhou a joia com rapidez e precisou de agilidade ainda maior para amparar a cliente, vitimada por uma vertigem que quase a levou ao chão.

Muriel e duas outras vendedoras acorreram, ajudaram a jovem senhora a sentar-se, trouxeram-lhe água, sugeriram um médico e outras providências de atendimento VIP. A cliente parecia muito constrangida. Lembrava-se de estar apreciando a vitrine e depois a tonteira, uma ausência, algo sem explicação. Alice esperou que se recobrasse e mostrou-lhe o colar. Sim, ela o vira na vitrine e, claro, ia levá-lo. Alice estava convencida de que aquela mulher não se encantara nem um pouco pelo tridentinho. Porém, depois de um mico daqueles (imagina se ela ficasse estatelada no meio da loja), era o mínimo a fazer para não perder a elegância, como diria dona Mercedes. Colarzinho de volta ao mostruário, outro igual trazido do estoque, pagamento realizado, embrulho terminado com esmero, a cliente se despediu com novo pedido de desculpas e dispensou a companhia de Alice a meio caminho da saída. Estava mesmo encabulada. Alice ficou solidária, acompanhando-a com o olhar. Também se sentiria incomodada em circunstâncias semelhantes. O que tinha presenciado? Voltou-se rapidamente para os mostruários. O cordão estava lá. Será que faltava outra peça? Seria uma prestidigitadora? No exato momento em que entreabriu os lábios para mandar o primeiro segurança travar a porta giratória, a cliente — já ao lado do rapaz — apresentou um estremecimento como o de alguém com calafrios e espalmou as mãos para trás, para que Alice as visse vazias, como se lhe tivesse lido o pensamento. A vendedora perdeu toda a iniciativa enquanto a compradora do colar de tridente, de dentro da porta de vidro giratória, virou-se e encarou-a por alguns segundos. Não parecia mais envergonhada. Parecia altiva, ciente de sua beleza, de seu poder. Havia um misto de ironia e benevolência em sua expressão. Alice sentiu-se congelar diante daquela mulher. Não se podia negar o magnetismo de seu sorriso estranho, muito aberto, algo entre o convidativo e o maléfico.

Tentação

Rômulo observava a esposa em silêncio. Estava inquieta. Sua negativas de nada valiam, ele conhecia aquela mulher. Era sua companheira, sua namorada, sua amante, sua salvadora, sua senhora.

A luta fora longa contra o poder do álcool. Hoje, não podia conceber o modo como se entregara à bebida, como se tornara dependente até virar um farrapo, um escravo de corpo e espírito vergados. E Lúcia ao seu lado. Lutando, chamando à razão, puxando pra cima. Ele achava que não aguentaria tanto se a situação fosse invertida. Mas, para sua sorte, Lúcia tinha aguentado. E o tinha guiado ao porto seguro onde vivia agora.

Evidentemente, o interior de Minas Gerais não era infenso ao álcool e suas mazelas. Lamentavelmente, havia muitos alcoólicos ali e Rômulo trabalhava firme na equipe de Alcoólicos Anônimos do município. Por mais que pudesse parecer uma ironia mórbida, rever nos outros o inferno que atravessara ajudava-o a manter-se afastado de qualquer gota do produto. Só passara a usar enxaguante bucal depois de ter sido lançado o sem álcool. Ultimamente, vinha pensando em articular o início de uma campanha pró-banimento das bebidas alcoólicas, nos moldes das empreendidas contra o tabaco anos atrás. Não entendia como as pessoas mantinham a ojeriza ao fumo, o pavor à cocaína e outras drogas pesadas e continuavam bem tranquilas, consumindo sua cachacinha. Estava muito diferente dos dias em que, na clínica de reabilitação, bebera o desodorante líquido. Muito diferente da dor horrível que a ausência da droga lhe causara nos primeiros dias de desintoxicação. Dor física. Mais tarde veio a dor moral. Lembranças, vergonha, arrependimento, caos financeiro, saúde destrambelhada. A esposa o auxiliara em tudo, com diligência e serenidade. Vai ver que era a autora da famosa Oração. Não estava serena agora.

A vida ia bem. Ele estava limpo havia doze anos, os meninos iam fazer oito, a fazenda vicejava. O trabalho ritmado junto à natureza eliminava o pouco estresse que gerava. O trabalho voluntário fazia-o sentir-se digno, as colheitas vinham boas, não estavam ricos, mas não atravessavam dificuldades. E Lúcia estava inquieta.

Nem mesmo nos incômodos da gravidez a vira assim. A bem da verdade, só uma vez, logo que se mudaram para a fazenda e recomeçaram a vida, tinha visto sua mulher desse jeito. Na época, estavam muito apertados, contando tostões. Trabalhavam duro, com poucos ajudantes, e precisavam de resultados rápidos. Então ela se inquietou. Ficava distante, olhos lá no horizonte, andava pela varanda de um lado para o outro, passava horas perto da touceira de bambu, ao lado da mina d'água principal. E repetiu isso por vários dias, mesmo depois de ele ter lhe dito que o bambuzal é local muito apreciado por jararacas. Dormia mal, levantava várias vezes durante a noite, um desassossego. Ela nunca lhe contara o motivo e ele decidira respeitar sua privacidade. Fosse o que fosse, tinha passado. E agora estava de volta.

Lúcia estava realmente desassossegada após a visita do compadre Vórcio. Disfarçara a ansiedade por um dia, mas já não evitava andar pela varanda de um lado para o outro. Não gostava de mentir. Muito menos para Rômulo. Diabos, tinha de mentir para todo mundo! Devia ter jogado aquela pedra fora. Gostava dela. Era bonita e simbólica. Depositara nela um enorme valor afetivo e uma promessa de jamais permitir qualquer obstáculo ao caminho limpo que a vida de seu marido tomara. E Vórcio tinha de aparecer de surpresa, antes de recolherem os bibelôs de volta ao quarto, ao fim da faxina! E bem na hora em que o sol alcançava o parapeito da janela, fazendo rebrilhar sua coleção de pedras. Podia ter colocado mais pra dentro, por trás da cortina... Mania de gente do interior, isso de aparecer de manhã cedo. Foi ele bater o olho e pronto. Acabou o sossego.

Compadre Vórcio não apenas batizara o primogênito do casal, como também apadrinhara Rômulo no campo do agronegócio. Apresentara-o aos principais produtores da região, aos gerentes de banco, aos políticos. Gostava daquele homem, apreciava sua fibra. Largar da cachaça não era pra qualquer um, não. Também admirava a comadre Lúcia, mulher inteligente, prendada, trabalhadeira. E muita amiga da sua patroa. Quando as duas decidiam cozinhar juntas, não tinha pra ninguém. Boas mulheres. Mas vinha tratar assunto de homem. Iam vender uma terrinha, vizinha ao Gildásio, pelo lado da Taquaruna, boa pra fazer uma semeadura de eucalipto. Gildásio já tinha ampliado muito o cafezal, não ia mexer com mais terra agora. Então ele queria levar o compadre Rômulo lá, talvez pudessem fazer um bom negócio de meia. Mas depois de ver aquela pedra, tinha perdido o rumo.

Conversavam a respeito da terra à venda, caminhando pelo avarandado, quando um brilho agudo pareceu ferir os olhos do visitante. Bem no meio da cestinha cheia de pedras variadas estava a fonte brilhosa, e Vórcio conhecia um pouco da coisa. Aquilo tinha valor. Perguntou o que era. Rômulo disse que sua mulher colecionava pedras, algumas semipreciosas, outras comuns. Vórcio não se conteve e apanhou a pedra ovalada, afirmando tratar-se de um diamante. Conversa daqui, conversa dali, chamaram Lúcia. Ela empalideceu. Contou que achara aquela pedra num passeio, era tão bonita, diferente, resolvera incluí-la na coleção. Vórcio insistiu, era um diamante. Ele tinha um primo no Centro de Gemologia, em Anápolis. Aprendera um pouquinho com ele. Aquela pedra valia muito dinheiro. Lúcia desconversou, tratou de guardar a cesta, lembrou que minerais brutos podem enganar facilmente. Vórcio insistia. Sentira o peso da bicha, vira o brilho de perto, queria levar para uma avaliação. Lúcia negou sem maiores cerimônias. Declarou que suas pedras tinham valor afetivo e que não se separaria delas. De nenhuma. Os homens saíram para ver o tal lote de terra e, na volta, Rômulo comentou o ligeiro aborrecimento demonstrado pelo compadre. Lúcia deu de ombros. E foi aí que inquietude começou.

Três dias depois, Vórcio retornou à fazenda dos amigos com ar solene. Pediu para conversar em particular, assegurou-se de estarem distantes das crianças e dos empregados, e informou ao casal que conversara com o primo gemólogo. Pela descrição da pedra, tamanho, formato, se confirmada sua natureza, valeria, assim bruta, uns dez milhões de reais. Rômulo ficou boquiaberto, Lúcia ficou lívida. Vórcio ficou mais sério ao dizer que as reações deles mostravam a verdade. A comadre sabia do material que tinha. Lúcia estava com forte taquicardia. Já tinha experimentado antes a mesma aflição. Sabia da fortuna guardada em sua cestinha de palha reforçada, e não queria nada com ela. Queria continuar sua vida ao lado do homem que amava, sem milhões, sem festanças, sem grandes viagens, sem facilidades extraordinárias. De repente, sentia-se ameaçada pelo segredo brilhante que guardara.

Rômulo observava a esposa e o compadre. Percebia que ela escondia algo. Percebia que ele queria algo a mais. Vórcio deixou de lado os rodeios. Seu tom passou de sério a quase inamistoso, quando disse que se eles não queriam ser ricos, tinham a obrigação de deixar os outros tentarem. Lúcia estremeceu. O compadre continuou o discurso, falando da obrigação dos cidadãos de comunicar um achado tão raro, tão precioso, que as riquezas minerais pertenciam à União, portanto ao povo, cabendo boa parte aos proprietários da terra, e que era preciso fazer alguma coisa. Antes de ouvi-lo pronunciar a ameaça ainda implícita, Rômulo pediu calma, tomou a mão da esposa entre as suas e a aconselhou a contar a origem da pedra. Tivesse confiança, tudo continuaria bem. Sentia-lhe o ligeiro tremor, compreendia a inquietação dos últimos dias e a do passado também. Naquele momento, experimentava uma admiração pela mulher maior do que o amor que lhe devotava. Aceitaria a decisão dela, fosse qual fosse.

Vórcio olhava sua comadre nos olhos, como quem os quisesse penetrar para alcançar a alma e suas coisas ocultas. A força de seu olhar vinha da ambição. Se eles não contassem logo tudo, informaria a ocorrência às autoridades e veria aquela fazendinha toda esfuracada, até os diamantes pularem pra fora. Lúcia colocou a outra mão sobre as do marido, pedindo desculpas por não ter falado antes. Tivera medo de atrapalhar suas vidas e as de outros, porque achara a pedra na Taquaruna, solta no chão. Vórcio fez cara de não acredito e Lúcia exigiu respeito. O compadre sabia muito bem da sua história, sabia que não era mulher de mentiras. Encontrara a pedra à flor da terra, quando colhia mudas novas de capuchinha. As melhores dão lá, por cima dos barrancos. Vórcio continuava incrédulo. Por dentro, Lúcia rezava desesperadamente, pedia ajuda aos céus. Vórcio não ia desistir facilmente, ia divulgar o fato. Mesmo que eles lhe dessem a pedra. Ela insistiu, explicando que não tinha encontrado um veio, só o pedaço solto, podia ter vindo dali mesmo ou, há milênios, de qualquer canto daquela vastidão. Ele estava inconformado. Ela pediu sigilo. Por eles, por sua história de vida, pela longa amizade.

Vórcio estava irado. E despejou sua revolta sobre os compadres, chamou-os traidores, sovinas, logo ele que tinha ajudado tanto no começo, apresentado todo mundo, tinha aberto as portas da cidade pra eles, e os safados escondendo uma fortuna. Rômulo também mudou de tom, exigindo compostura do até então amigo. Vórcio levantou-se e elevou a voz. Acusou-os de ingratidão, de egoísmo, começou a gritar. De longe, o caseiro ouviu-o berrar algo sobre um diamante na Taquaruna. E viu Rômulo expulsar o outro fazendeiro com toda energia. Nó!... Que encrenca era aquela?

Vórcio arrancou com o carro e continuou vociferando de dentro dele. Não suportava a ideia de ter colocado a mão num diamante tão grande e ficar sem ele. A coisa ia ficar feia. Agora aqueles falsos tinham um inimigo. E continuou dirigindo e falando alto, na tentativa de botar pra fora aquela raiva crescente, que ia aumentando e apertando dentro do peito. Sensação ruim. Mas foi ficando difícil falar. Respirar também. Quase na entrada de sua fazenda, Vórcio perdeu a direção e bateu na cerca. Coisa pouca para o carro. O motorista estava morto. Um enfarte fulminante calara sua boca para sempre.

Rômulo e Lúcia compareceram ao funeral sem comentar o ocorrido. Ela chorou verdadeiramente, porque lamentava todo o acontecido e sentia-se mal pelo alívio que a morte de Vórcio lhe causava. Na segunda-feira seguinte, seu marido voltou do centro com a notícia de boatos acerca de diamantes na Taquaruna. Passaram o resto da semana observando os empregados, mas ninguém sequer tentou olhar para a cesta das pedras. Por via das dúvidas, Lúcia guardou-a no armário. Ingenuidade nunca mais.

Duas semanas depois do enterro de Vórcio, Lúcia foi visitar um afilhado e voltou em prantos. Rômulo ficou assustado, abraçou-a e julgou compreender-lhe as lágrimas. Enquanto estreitava a esposa ao peito, pensava em como ela era forte, como renunciara a tanto dinheiro para preservá-lo de grandes tentações. E tivera de fazê-lo duas vezes. Chegara a hora do desabafo. E a mulher franzina o surpreendeu mais uma vez. Assim que conseguiu falar, contou-lhe que os empregados de Gildásio estavam acabando de arrancar cem mil pés de café, todos produtivos, para procurar diamantes. Uma maldade.

A SECA E AS FLORES

Era uma vez uma mulher seca. O adjetivo viera do Doutor Boanerges, médico novo na cidade, embora contasse mais de quarenta. Falecera o Doutor Tiédes, clínico geral, por mais de cinco décadas conselheiro e cirurgião improvisado de todos aqueles corpos e almas a vagar pelo distrito acanhado. Então Boanerges aceitara o convite dos fazendeiros e se mudara com a família para o norte de Minas. Conhecer a maioria de seus novos pacientes foi o que motivou as visitas vespertinas que ele e sua senhora faziam aos concidadãos. Sempre um bolinho de fubá, ou de coco, levado em trouxa de paninho de copa, bordado, muito alvo, para ajudar na difícil tarefa de aproximação.

Mineiros são desconfiados e arredios por natureza. Ali, a natureza acirrava essa tendência. Boanerges continuava a rotina, da casa mais simples à mais bem posta, sem desanimar. Um dia conheceu Don'Ana. Era assim que a chamavam, era assim que ela se apresentava. Morava num sítio surpreendentemente viçoso. Três filhos, com cônjuges e netos, residiam lá também. Dois outros tinham se estabelecido em Januária, o rapaz por antigas ideias sobre ouro, a moça pelo casamento com o amigo do irmão. Acabaram por abrir uma venda, e a produção do velho sítio escoava por lá. Coisa de família unida, embora fossem bem separados. Cada qual com sua casinha, cada casinha um jardim.

O médico ficara impressionado com as flores, as frutas e os latões. Por toda parte viam-se latas de banha de vinte quilos, tampadas. Don'Ana, sempre atenciosa, apesar de manter distância física e pessoal, explicara que eram para a água da chuva. Não adiantava cavar um açude porque a terra chupava a água muito depressa. Seu falecido marido havia tentado, depois seus filhos, sem resultado. As latas de banha, essas sim, depois de muito areadas, guardavam água bem. Era fácil de fazer, só não se podia jogar a tampa fora — pra não cair pó nem bicho —, nem ter preguiça. Quando vinha a seca, era carregar no pote pra aguar as plantas.

O médico voltou impressionado. Tanto, que ficou muito contente quando um neto da caprichosa senhora precisou de cuidados. Foi lá uma três vezes, e sua curiosidade se multiplicou por quatro. Ana era uma mulher da idade da sua, quarenta e poucos anos, uma senhora, claro estava, mas ainda com vida pela frente. Tinha poucos cabelos brancos, de fato mantinha presa por fita, na altura da nuca, uma cabeleira farta, lisa e brilhante, como um véu de seda negra a proteger-lhe a cabeça. Rugas também eram poucas e discretas, a pele parecia boa, embora só visse a do rosto, do pescoço e das mãos. Todo o resto era coberto por vestido preto comprido, sapatos fechados e meias, mesmo nos meses mais quentes. Era magra, apesar dos cinco filhos e de quase todas as suas contemporâneas terem engordado como leitoas, era bonita e diligente, era misteriosa e contida. Mostrava um semblante impassível, sem rudeza e sem sorrisos. Era seca. E impressionante. Doutor Boanerges continuou pensando constantemente na viúva exemplar, em como criara um modo de guardar tanta água, em como determinava às noras a manutenção dos jardins, o cuidado com o minhocário, o cultivo de tantas flores. Era um contraste brutal entre o negrume das vestes e modos da matriarca e o colorido exuberante das floradas cercando tudo. Para manter flores e roça e crianças e uma família inteira vicejantes, era preciso mais do que fibra e disciplina. Era preciso alegria. Que nela não aparecia nunca.

Sucumbindo à curiosidade, o médico assuntou com alguns amigos conquistados e veio a saber da história do casamento de Don'Ana, do marido, homem de boa família, de posses, trabalhador e mulherengo, das amantes lá na cidade, surras, humilhação. Na rua, a família tinha de andar um passo atrás dele. As crianças tinham tanto medo do pai que nem olhavam pro lado. Um dia, o coronel acordou morto. Assim, do nada. Doutor Tiédes disse que foi o coração. A viúva se cobriu de luto e nunca mais saiu de casa, a não ser em caso de extrema necessidade. Acabou de criar os filhos sozinha e pegou mania de juntar água e flor. Até as cortinas de sua casa, embora escuras, tinham estampa florida. Fez o que muito homem não conseguia fazer naquela terra esfarinhada.

O interesse de Boanerges pela viúva cresceu. Por muitas noites, no estio sem fim, ficava na varanda até tarde, apreciando seu cachimbo e o mistério dessa mulher estranha e bela como uma tragédia grega, que se fizera prisioneira e espalhava felicidade através de flores e descendentes. Podia ser trauma pelo que lhe fizera o canalha falecido. Afinal, a prosperidade também é uma flor.

E quando uma flor assim aparece, o dia melhora. Ou a noite. Seja lá o que for que nos aperte por dentro. Não raro, o médico pedia perdão a Deus por alguns desejos que lhe surgiam na mente. Depois agradecia pela família que tinha e ia se recolhendo, apagando os lampiões.

A seca vinha tão braba naquele ano que o córrego próximo ao distrito, tributário do São Francisco, quase secara de todo. Então veio uma chuva querendo compensar todos os meses de espera. Muita casa e muito bicho foram por água abaixo. Duas crianças se afogaram. Logo que o primeiro desespero passou, veio a notícia de que o cemitério estava revirado. O povo se benzia, com medo de mau presságio, o padre e o doutor foram chamados às pressas e tinha gente querendo trazer o delegado de Januária.

A torrente escavacara o Campo Santo. Tinha sepultura alta, de tijolo forte, quebrada e sem tampa, caixão saltado pra fora, tinha sepultura baixa revirada, tinha cova rasa aberta, cheia de lama, com o caixão espatifado adiante e osso espalhado por todo lado. A cena causou pânico e consternação. As famílias foram chamadas para reorganizar o lugar. O cabo, o padre e o médico acompanhavam os serviços a pedido dos moradores. Alguns rapazes viraram coveiros voluntários e apavorados. Justamente um desses ajudava os filhos de Don'Ana a recolher os restos do falecido, quando, ao pegar o crânio arrancado das vértebras pelo solavanco que arrebentara o túmulo e as sobras do caixão, provocou um barulho inesperado. Alguma coisa rolava e batia dentro da caveira enlameada. Repetindo, cada vez mais alto, meus respeito, meus respeito, Don'Ana, o cabra botou a cabeça descarnada no chão e correu.

O cabo veio primeiro, virou a caveira sobre a palma da mão. Por um dos buracos dos olhos caiu um objeto pequeno, mais para comprido do que para chato, de um cinza amarronzado esquisito. Chamou o doutor e o padre. Podia ser osso carcomido? Parecia metal, parecia pedra. Boanerges apressou-se em pedir para examinar o material em casa, com lupa, e fitou a viúva. Pela primeira vez, encontrou uma expressão de emoção no rosto firme. Não de susto ou medo. Antes, uma aquiescência. Um leve abaixar de cabeça, como o de um prisioneiro que acaba de ouvir a sentença e a aceita sem protesto nem arrependimento.

No caminho de volta, enfurnou-se no mato até achar e matar uma preá. Explicou à mulher tratar-se de um experimento urgente, uma comparação necessária, e trancou a porta de seu aposento de estudos. Cortou o rabo curto do bicho, cuidando para igualar o tamanho do fragmento extraído da caveira, descarnou-o e levou o osso ao fogareiro, várias vezes, meticulosamente, até atingir uma tonalidade bem parecida.

Na tarde seguinte, foi visitar o sítio florido. A viúva convidou-o a ver a floração dos manacás e, lá chegando, perguntou-lhe o que viera dizer. A senhora já sabe o que eu trago no bolso. Eu vim pra lhe ouvir. Ela certificou-se de não haver ninguém por perto, e abriu três botões da blusa para afastar a manga e exibir uma marca grande no ombro esquerdo. A forma inequívoca de um ferro de passar.

O coração de Boanerges, já acelerado pela abertura da camisa negra, pareceu saltar do peito. E continuou apressado, enquanto ela contava, calmamente, que a marca fora o final da última surra que levara. Sua vida com o falecido tinha sido um inferno de violência e desrespeito. Quando ele começou a ameaçar as crianças, ela começou a olhar muito para as espingardas de chumbinho. Custara um pouco a entender, depois a aceitar o que queria. Demorou mais um tantinho para tomar coragem e ensaiar. Ensaiou muitas vezes. Numa noite em que ele chegara mais bêbado do que de costume, ofereceu-lhe mais pinga, até ele cair de cara na mesa. Arrastou o traste pra cama, tirou-lhe as botas, como sempre, derreteu os chumbinhos e já era alta madrugada quando pôde enfiar o funil no ouvido do condenado e derramar a morte lá dentro. Foi dito e feito. Nem gritou. Só um estrebuchão e o inferno tava acabado.

Talvez tenha decorrido um minuto de total silêncio antes de a mulher fechar completamente a vestimenta, esgueirar-se por baixo dos galhos de manacá e começar a acariciar as flores. Boanerges assombrou-se com a visão do sorriso de Don'Ana. Não era diabólico. Não inspirava piedade. Era amplo, sem afetação nem arrogância, era o sorriso confiante de um vitorioso. A alegria oculta, finalmente, se manifestava.

Boanerges foi direto ao posto policial, mostrou ao cabo o osso calcinado da preá e sua semelhança com o objeto encontrado na carcaça do coronel. Sua conclusão era osso petrificado pelo tempo. Talvez de bicho mesmo, jogado dentro da caveira pela enchente. O cabo coçou a cabeça e concluiu que qualquer outra hipótese podia dar em reboliço. Sua mãe era muito amiga de Don'Ana. Foram levar a solução ao padre.

Voltando pra casa, Boanerges sentiu o cenho se desanuviar. Estava satisfeito com sua decisão. Como de costume, pensava na senhora das flores. Será que ela gostaria de tornar sua vitória pública? Fosse como fosse, o povo agora falava, contrito, do castigo do coronel malvado, que além de ter morrido de repente, tivera os "miolo comido por rato". Na noite agreste, debaixo de um céu crivado de estrelas, Boanerges acendeu o cachimbo e abriu um largo sorriso. O coronel merecia.

Jovelina

Em qualquer lugar do mundo, quem tá na beira da praia se esquece do interior. É o barulho das ondas, ou é a cerveja gelada, ou são as férias, ou as moças bonitas. Ninguém guarda muitos olhares para além das belezas sobre as areias brancas. Era assim que pensava a moreninha esperta, magra e arisca como um lobo-guará, entregando mandioca no bar da praia. Ela nunca tinha visto um turista se aventurar pela morraria ao redor, e era tudo morro baixinho, cinquenta metros no máximo.

Já tinha visto na Internet da escola as praias frias de outros países, com cascalho ao invés de areia, gente andando de sapato pela orla, tomando outras bebidas. Mas também ligadinha na visão do mar, só pra ele, só por ali.

Queria se mudar, melhorar de casa, de roupa, de estudo. Tinha visto tanta coisa bonita no computador... Vender mandioca não ia dar certo. Só pro bar do Euzébio? E quem mais ia passar pelo morro, procurar mandioca atrás da praia? Ninguém olhava. Ainda mais em Tambaba.

Quando pequena, gostava de perambular por ali. Vivia pelada o dia inteiro. Esperava o pai voltar de barco, mexia nos peixes, a mãe vinha limpar. Um dia, ele não voltou. Depois apareceu só o barco. Depois apareceu o padrasto. Depois o sangue na roupa e já não podia chegar da escola e, nua, tomar banho de mar. Tava crescendo, tinha virado mocinha e sua mãe não queria os olhos de Euzébio e do pai Diógenes em cima dela. E essa! Tambaba era praia de nudismo, menos pra ela. Não podia mais ir à praia. Só bem no fim da tarde, ou nos dias vazios, e de maiô. Então, queria se mudar. A mãe era legal. Tinha explicado uma porção de coisas. Tava certa. Ela também não queria ficar grávida agora, só pra aumentar a miséria. E nem queria dar pra homem velho. Mas não tava certo levar bronca quando eles é que tavam olhando esquisito. Ficava fula da vida quando sua mãe berrava seu nome inteiro se um dos dois olhasse um tiquinho a mais. Preferia Lina, não importando quantas vezes a mãe dissesse que era nome de sambista famosa, lá do Rio de Janeiro. Lina e pronto. E vamos cavucar mandioca.

Por duas vezes acordara ouvindo passos junto de sua porta, que mantinha trancada. A mãe tava certa, mas tava dormindo, e era mulher de Diógenes. Precisava mesmo se mudar.

Como não pudesse mais frequentar sua praia, desenvolveu novo interesse pela mata na morraria. Acima de sua casinha e do mandiocal tinha muito mato e muita árvore. Dava um tanto de medo. Costumava perambular morro acima, quase até o topo, onde a mata ficava bem fechada. E dali voltava. Certa noite se ouviu um barulho surdo, um baque muito alto, saiu gente de tudo quanto é casebre nas redondezas e nada se viu. Só no dia seguinte se soube, pela televisão, do acidente com um táxi aéreo que se despressurizara e caíra por perto, pro lado de lá dos morros, depois da mata, muito mais pro interior do que sua casa, de onde, aliás, se via perfeitamente o mar. Os passageiros tinham sobrevivido e eram muito ricos. Foram de helicóptero pro melhor hospital da capital. Viriam equipes de busca, atrás de pertences perdidos. Lina decidiu desafiar seu medo. Também ia procurar.

No dia seguinte, chegou da escola, almoçou pouco e rápido, botou a roupa de trabalho e ultrapassou a plantação. Estava diante da mata e seu coração batia depressa. Encarou o receio e o mato alto, os ruídos, o pavor de cobras, e foi em busca de ninguém sabia o quê. Que pertences? Andou meia hora antes de achar um pedaço de metal. E outro, menor. Para prosseguir, teria de se esgueirar entre árvores muito próximas. E embaixo delas ficava um tanto escuro. Desistiu. Voltou pra casa amuada e não dormiu.

Levantou-se assim que a barra do dia clareou e voltou ao ponto das árvores juntinhas. Não demorou mais de cinco minutos para ver a primeira nota de cem de sua vida. Olhando pro alto, localizou mais algumas. Apertou os olhos, procurando casas de abelha ou marimbondo. Tentou balançar a árvore sem resultado. Tomou coragem e fôlego e subiu. Colheu mais quinhentos reais. E, de lá de cima, por entre a ramagem, viu um grupo de homens perto dos restos da aeronave. Eles falavam, gesticulavam e apontavam na direção dela. Iam subir o morro, mas ela tinha chegado primeiro.

A mata apresentava um rasgo logo adiante, e Lina via nitidamente um outro pedaço do avião, parecendo uma porta, e três malas meio arrebentadas, algumas peças de roupa, uns papéis e muito dinheiro, tudo espalhado no chão. Desceu às carreiras, alcançou as malas e descobriu que uma delas estava cheinha de notas de cem. Quis gritar, pular de felicidade. Os homens poderiam ouvir. Catou depressa as cédulas espalhadas, enfiou-as de qualquer jeito pelo lado aberto da mala prateada e correu para as árvores. Estancou de súbito. As pegadas! Os homens iam achar as pegadas. Girou em torno de seu próprio eixo algumas vezes, agarrada ao objeto prateado, recheado com seu futuro, até enxergar aquela planta de caule fino, cor de caramelo, com folhonas verdes, enormes. Encaixou a mala entre dois caules próximos, tirou as sandálias, forrou os pés e as mãos com as folhas grandonas e refez o caminho. Arrastou pés e mãos pelo solo, transformando seus rastros numa confusão, retomou as sandálias e escapou utilizando as passagens mais estreitas entre os troncos.

Chegou à beira do mandiocal com vários arranhões e uma preocupação: não ser vista. Decidiu passar pelo meio das plantas, evitando o caminho comum. Achou muita sorte não ver a mãe nem o padrasto apanhando a macaxeira. Correu até a porta dos fundos. Ninguém na cozinha. Aguçou os ouvidos. Nada. Entrou como um gato ladrão e guardou a mala estropiada no fundo do guarda-roupa. Depois caminhou tranquilamente para a frente da casa. Sua mãe e seu padrasto estavam lá no bar, com Euzébio e mais meia dúzia de pessoas. Uma delas apontou-a à mãe chorosa, que correu ao seu encontro. Primeiro um abraço em lágrimas, depois umas boas olhadas, onde estivera? Por que estava tão imunda? Veio o padrasto, começou a bronca, e o tom angustiado da mãe virou repreenda, fechada por uma chuva de tapas.

Lina se demorou um tanto na entrada da casa, os braços ardidos por conta dos tabefes, um pouco de raiva, mas não tinha tempo pra teretetê. Os dois tavam tão brabos que nem insistiram em saber de onde ela tinha saído. A versão "catar pragas na mandioca" tinha colado fácil. Sinal de sorte. Agora era planejar tudo direitinho. Estava exausta. Mesmo assim, descascou um bocado de macaxeira, levou pro bar do Euzébio, jantou pouco, tomou um banho e se trancou no quarto. Acabou por cochilar e acordou no meio da madrugada, em sobressalto. Procurou a mala. Estava tudo lá. Ouviu com atenção o ressonar e o roncar no quarto ao lado. Pegou sua lanterninha de bolsa e pôs-se a contar a grana. Estava tonta de alegria. Possuía quatro milhões, duzentos e vinte e sete mil e trezentos reais. Fora os seiscentos do dia anterior. Tava rica! Com um único problema: treze anos.

Ao amanhecer, a menina havia transferido as notas para dentro de um cobertor antigo, surrado e sem uso. Restava-lhe sumir com a mala e elaborar um plano para escapar dali. Passou a semana trabalhando nisso. Matou aulas, pesquisou na internet, buscou informações junto a órgãos oficiais, comprou um caderninho de capa dura, uma câmera digital e uma lata de tinta preta para superfícies metálicas. Dois problemas. O primeiro era esse negócio da numeração das notas. Mas não eram todas novinhas, iguaizinhas, não. E na TV não se falava em dinheiro nenhum. Vai ver era essa joça de dinheiro lavado, ninguém podia falar. Ia ter de arriscar... O segundo era causar sofrimento à sua mãe... esse não tinha jeito. Depois passava.

Na tarde do domingo seguinte, Diógenes chamou sua mulher de lado. A menina andava muito esquisita, comendo pouco, falando nada, com olheiras. Vai ver tinha feito besteira. Maria olhou o marido, desconfiada. Tu que é abestado, Diógenes. Menino macho é que fica com olheira de fazer bobagem. Tu tá é olhando muito pra ela. Afastou-se com um abano de saia e um leve aperto no coração. Lina estava diferente mesmo.

Na segunda-feira, praia vazia, quando o sol ameaçou se esconder detrás do mar, a menina caminhou para as águas, sob o olhar curioso de Euzébio e Diógenes, sentados na moleza do barzinho sem freguesia. Lina tirou toda a roupa e entrou nas ondinhas vagarosamente. Os homens ficaram boquiabertos. Tava bonita, a danada. Ao passar por eles, já vestida, ouviu o padrasto chamá-la como quem vai brigar feio. Ao invés disso, o cabra safado lhe sussurrou que deixasse a porta do quarto destrancada. Ela fez que sim com a cabeça e prosseguiu. Sorria ao entrar em casa.

Naquela noite, verificando que Maria dormia pesado, Diógenes partiu para o quarto ao lado. Seu corpo já dava sinais de prontidão só de pensar na enteada. Estava certo de tê-la ouvido zanzando pela casa havia pouco. Sua decepção foi grande ao encontrar a porta aferrolhada. Lina riu brevemente, de modo que ele ouvisse. Ele exclamou um abafado abre aí, cabrita. Lina elevou a voz, perguntando o que ele queria, o que estava fazendo, e gritou pela mãe. Maria acudiu, confusa, Lina abriu a porta e acusou o padrasto. A mãe pediu explicações, Diógenes extravasou sua impotência com uma torrente de palavrões, contou que a menina se exibira na praia, nuinha, que ela é que era uma cabrita muito da sem vergonha, Maria repreendeu a filha, ele continuou vociferando, dizendo que a mulher tomasse cuidado, porque quando abrisse os olhos ia ver que a filha já era furada e com vocação pra quenga. Maria mandou Lina trancar a porta, brigou com o marido, mas voltou pro quarto com ele. Assim que a porta deles se fechou, com forte batida, a menina correu ao pequeno oratório que ficava no alto, na parede em frente aos quartos, e tirou de lá a câmera com a qual filmara toda a cena.

Ao chegar da escola, na terça-feira, Lina chamou mãe e padrasto e mostrou o filme. Avisou que tinha cópias com duas amigas de confiança e na internet, ameaçou processar os dois, um por tentativa de estupro, a outra por negligência, tudo com base no Estatuto da Criança e do Adolescente, e ainda mandar o filminho pra Rede Globo e armar um escândalo dos diabos. O padrasto quis avançar nela, mas a mãe o segurou. Lina estava tensa, contava com a desinformação de ambos para alcançar seus objetivos. Exigiria a imediata saída de Diógenes daquela casa, mas não foi preciso. Ele mesmo catou algumas roupas, enfiou numa sacola e saiu furioso. A mãe estava em prantos e Lina foi implacável. Declarou que elas viajariam no dia seguinte, só porque ela não poderia pegar um ônibus interestadual sem um responsável. Obrigou a mãe a arrumar as bolsas imediatamente.

Na quarta-feira, Maria estranhou muito a mala grande e preta nas mãos da filha, e o cobertor surrado, enfiado na mochila pra quase arrebentar, mas evitou dirigir-lhe a palavra. Era muita maldade. E se ela fosse mesmo ao juiz? Como é que iam voltar depois? E o Diógenes? Aquilo se chamava chantagem. Da própria filha! Estava muito magoada. E apavorada com as ameaças de Lina. Fez tudo o que lhe foi mandado, e às seis da tarde embarcaram num ônibus bonito, com poltronas reclináveis, ar condicionado e cortinas pregueadas nas janelas, coisa nova para as duas, rumo ao Rio de Janeiro. Na madrugada de sexta, um tanto deslumbrada com a beleza da Rodoviária Novo

Rio, Maria se perguntava onde a filha arranjara tanto dinheiro. As passagens, os lanches, sempre trocando notas de cem... Estava com medo da resposta. E se Diógenes tivesse razão? Bestagem! Quenga não faz tanto dinheiro assim. Entrou no táxi com a filha, Lina consultou seu caderninho de anotações e mandou o motorista tocar pra Copacabana. Foram para um hotel de pequeno porte, fantástico aos olhos delas, comeram sanduíches, tomaram banho naquele banheiro que Maria achou incrível e se acomodaram. A mãe tinha um redemoinho de perguntas na cabeça e um nó na garganta. Deitou-se chorando, e foi assim que adormeceu.

Só então Lina relaxou. Vivia irritada com o fato de a mãe ser a mosca morta que era. No entanto, o defeito se transformara em grande vantagem. Ia ter de refazer as contas, mas, assim por alto, tinha dinheiro para comprar um apartamento direitinho, por ali mesmo, pagar roupa, comida, luz, comprar um celular, custear os estudos, podia gastar uns vinte mil por mês durante cinco anos, até arranjar um emprego legal, e sobrava um troquinho. E encontraria um jeito de explicar tudo à mãe depois que a poeira baixasse. Deitou-se em seguida e ambas passaram dia e noite adormecidas, se refazendo do cansaço acumulado.

No sábado, bem cedinho, Lina obrigou a mãe a se arrumar o melhor possível, a tomar o café da manhã no restaurante do hotel e a ir passear com ela. Do calçadão de Copacabana, mãe e filha olhavam a orla, os edifícios, o movimento da metrópole. Lina observou, com satisfação, que Maria já não chorava.

Conto para os netos

Ele descerrou as pálpebras e aguardou, por alguns segundos, a adaptação dos olhos à claridade muito tênue da luminária diminuta, presa à maçaneta da porta. Tivera um sonho diferente e estava assustado, apreensivo. Que bobagem. Só um sonho no qual saía, ia à rua, no qual se via livre daquela casa apinhada, do frio dolorido nos ossos, das rodas de leitura, das caminhadas em círculo, do racionamento de água e comida, do choro das criancinhas. Talvez fosse pecado reclamar das crianças. Não sabia. Não era nada religioso. Acreditava em ética e trabalho. Respeito e esforço próprio. E, repentinamente, tinha netos. Dormiam os três, enfileirados, a seu lado. E depois dos meninos estava sua filha. Provavelmente exausta. Precisava se esforçar para levantar sem acordá-los.

Arrastou-se até os pés da cama, ajeitando o travesseiro e as cobertas ao redor dos pequenos. Calçou os sapatos grossos, enojando-se mais uma vez com o cheiro das meias. Aliás, o quarto todo fedia. Havia mais seis adultos dormindo ali, sobre pilhas de jornais dispostas no chão, e colchonetes e toda roupa de cama que haviam conseguido. No ar pairavam vestígios de halitose, de gases eliminados pelo sistema digestivo, das peles sem banho, das roupas não lavadas. Precisava sair dali. O passeio, no sonho, por ruas calmas e arejadas, depois por caminhos na roça, os quais conhecia bem, acirrara o amargor da perspectiva através da qual enxergava aquela situação absurda. Caminhou devagar pelo espaço estreito que restava e alcançou o corredor. Sentiu-se menos enclausurado, embora soubesse que o alívio duraria pouco. A sala e os outros cômodos também estavam repletos de gente adormecida e de meia dúzia de vigias, que dormiriam mais tarde, os sortudos do dia. Dirigiu-se ao banheiro, tentando lembrar quando seria a sua vez de vigiar e, em seguida, deitar-se num quarto menos lotado, e também menos aquecido. Tinha perdido as contas.

Conforme o combinado, o corredor, os três banheiros e a cozinha ficavam livres de leitos. Olhou-se no espelho e concluiu que o tempo tinha sido misericordioso para com ele. Apesar da idade, mantinha boa aparência e bom vigor físico e mental. Além da cabeleira branca que a esposa adorava. E tudo isso para viver aquela época tenebrosa. Lembrou-se do sonho, da luz que o rodeava enquanto deslizava como se utilizasse uma esteira rolante, observando árvores viçosas. Para além delas, tudo lhe parecia tão limpo, tão reluzente. Só não sabia tudo o quê. Sonhos eram bobagens. A realidade era a escassez de água, que já obrigava todos a urinar e defecar no quintal, no breu congelante. Usavam um mínimo do que fora coletado das chuvas limpas para limpar a boca e os olhos muito mal. Lavar o corpo só uma vez por semana, minimamente, por conta da dificuldade para manter a água quente. Manter a casa brandamente aquecida já era um prodígio. Admirava a capacidade de adaptação humana.

As pessoas estavam saindo para fazer suas necessidades somente uma ou duas vezes ao dia. Que dia? A cada vinte e quatro horas marcadas pelo velho carrilhão. Pareciam cachorros de apartamento. Ainda bem que Simone nunca adotara animais de estimação. As coisas estariam ainda piores.

Não conseguia se desligar da beleza das imagens sonhadas, mas a apreensão continuava com ele ao chegar à cozinha e deparar-se com duas das seis bicicletas ergométricas ocupadas por colegas em vigília. Os aparelhos tinham sido instalados por sua filha havia três anos, e serviam não apenas para exercitar os músculos, como também para acionar um engenhoso sistema de geradores capazes de render muito com pouco giro. À época da instalação, ele e a esposa consideraram um exagero quase paranoico da moça. No momento presente, o sistema caseiro de geração de energia lhes garantia a sobrevivência. Cumprimentou os coabitantes, bebeu pouquíssimo café e dispensou sua porção de alimento matinal. Queria sair. Por mais que lhe dissessem ser loucura ficar fora além do tempo do xixi, testou uma lanterna, apanhou a capa impermeável e um cobertor dispensado pelos pedalantes, atravessou a porta para o quintal sem vida e experimentou os rigores da temperatura negativa. Urinou o mais rápido possível no novo buraco improvisado para servir de latrina, sentiu náuseas mais uma vez, e tomou o rumo da rua.

Contornou a casa, abriu o portão, forçou os olhos e os ouvidos. Nada. Tudo deserto. Começou a caminhar, pensando em quanto tempo ainda duraria a escuridão. As previsões mais otimistas indicavam melhoria das condições a qualquer momento, logo, talvez naquele mesmo dia. Mas podia ser somente para acalentar esperanças. Usava a lanterna brevemente, a fim de poupar baterias. Pouco além de sua casa, havia o lar do Monteiro, também transformado em abrigo e também usuário de geradores. Um ponto de luz. A partir dele, tudo era negro como ébano. Tão diferente do sonho. Nele, via a esposa sentada perto de umas árvores, sorrindo, como que iluminada por um dia fulgurante de céu muito azul. Não fosse a lanterna, perderia a noção do lugar do céu. Não se via nada. E o que haveria para ver? O que haveria para as crianças?

Sua filha os adotara no ano passado, pouco depois do início da grande crise, ou da Mudança, como ela gostava de chamar. Um ano infernal. Na verdade, dois anos antes, o verão do hemisfério norte tinha registrado degelo alarmante no *permafrost*. Muitos cientistas foram taxados de arautos do Apocalipse, exagerados, tendenciosos. E enquanto os detentores do poder julgavam ganhar tempo ante o bate-boca dos especialistas, o aumento do escape de gás metano decuplicou.

Haveria chance de explicar isso às crianças? Seus netos tão lindos, em sua diversidade de peles e olhos e cabelos, chegariam a perguntar pelas causas de tanta destruição? E se o fizessem, como responderia? Reviu, mentalmente, o sorriso da esposa. Ela saberia. Bem, poderiam dizer-lhes que as pessoas não cuidavam bem do planeta e que por isso ele começou a espernear, se revirou de um lado para o outro, derramou os mares, fez tremer as terras, tossiu seu fogo interno pelos buracos de vulcões e, por fim, deu um espirro tão forte que escureceu o céu todo. Bobagem. Assim, só para crianças muito pequenas. E os muito pequenos, como seus netos, não faziam tais perguntas. Mas como falar de modo suave a respeito da sequência de desastres havida? O aquecimento global aumentou muito. Grandes tempestades se tornaram rotina. Uma delas atravessou o Mediterrâneo, levando neve ao Saara e caos às populações mais suscetíveis ao pânico. Algumas nações pediram ajuda e exércitos do Ocidente foram enviados. E recebidos, por outras nações vizinhas, como invasores. As guerras regionais se intensificaram e se alastraram. Seguiram-se ataques terroristas e uma caçada às armas nucleares e químico-biológicas. Moléstias terríveis começaram a dizimar a população no mundo inteiro. Era como rever a peste negra do Medievo. Ao vivo e em cores.

Em vão, tentaram convencer a filha a se refugiar na fazenda. Ela permaneceu no seu trabalho. Partes das forças armadas acompanhavam médicos e retiravam pessoas ainda sãs dos locais mais afetados, começando pelos mais jovens. O número de crianças órfãs ficou insustentável. As adoções eram quase obrigatórias. Então sua filha saiu um pouco da linha de frente no campo da assistência sociopsicológica para cuidar de três bebês. Justo quando o mundo ruía! Ela era brava. Forte. Só pediu ajuda quando ficou absolutamente convencida da iminência de um desastre maior. E cá estava seu pai, caminhando na escuridão, apertando o passo para não congelar, quando deveria tomar conta dos netos. Para isso deixara a fazenda e o amor de sua vida. Mas precisava andar. No escuro, no frio, como fosse, desde que fora daquela sala lotada, sempre em círculos, pisando calcanhares.

A sensação de liberdade e de alívio que experimentara ao sair da casa começava a ceder terreno para um medo leve. Ouvia alguns ruídos ao longe. Desacreditava da possibilidade de haver animais perigosos à solta. O frio acabara com eles. Parou. Ligou a lanterna e iluminou o quanto pôde ao seu redor. Nada. Estava só como jamais estivera. Nem mesmo o vento, a chuva ou a neve fraca se faziam presentes. Parecia uma calmaria. Com ruídos.

Voltou a caminhar a passos largos, usando mais vezes sua fonte de luz, embora soubesse o caminho do mirante quase de cor. Desde que tinham comprado a casa, e até se mudarem em definitivo para a fazenda, fazia caminhadas por ali. Talvez pudesse chegar a seu ponto de contemplação de olhos fechados. Era mais seguro mantê-los abertos. Uma poça grande, um tronco caído, um tombo ali, sozinho, a uns quinze abaixo de zero, poderia ser fatal. Os meninos estariam com frio pela ausência do corpo desse avô andarilho e amalucado? Voltaria logo. Contornaria o mirante na mesma passada e retornaria. Estava farto de contemplar o negror dessa noite de inverno mundial, dessa escuridão compacta, quase sólida, como uma lápide cuidadosamente depositada sobre os seres ainda vivos, da qual tinham poucas esperanças de escape. E estava temeroso pelos ruídos! Bobagem. Não fazia muita diferença continuar respirando diante de uma paisagem impossível de descortinar.

Quando se deu conta de ter alcançado o mirante, percebeu que os sons ouvidos eram de água. Alguns metros abaixo, o mar produzia um som macio, fustigando delicadamente as pedras, com marolas cadenciadas. Aquele senhor forte e ágil cambaleou. Um pavor intenso provocou-lhe estremecimento. As águas ainda estavam ali. Obrigou-se a chegar à borda, de onde costumava apreciar a enseada de Botafogo e sua beleza ímpar. Tornou a estremecer. Acionou a lanterna e verificou estar ouvindo muito bem. Era mesmo o mar batendo na parte mais baixa das pedras sobre as quais se assentava o Mirante Dona Marta. Desligou a lanterna e ficou paralisado. Nem suspeitara do acontecido. Provavelmente as informações estavam sendo censuradas. Não tinham sido só ondas gigantes. O mar viera pra ficar.

Se alguém pudesse vê-lo ali, quase perfilado, com o cicio manso das marolas a seus pés, imaginaria sua rota por imagens suaves no transcurso de profunda meditação. Na verdade, o impacto da visão o lançara de volta ao último ano e seus terrores. Quando os esforços internacionais lograram interromper a fúria das guerras, quando os esforços estatais e individuais conseguiram dar destino aos milhões de cadáveres restantes como espólio, quando a Ciência e os militares obtiveram o controle das pandemias, as temperaturas nos oceanos apresentaram queda significativa.

Era como se cada dia trouxesse um novo susto. Talvez fosse resultado do degelo praticamente completo do Ártico no novo verão do norte, ao qual não foi possível dar a devida atenção por conta das guerras múltiplas e suas consequências. O fato é que as correntes marítimas exibiram grandes alterações, as tempestades gigantescas se espalharam por toda parte e as criaturas marinhas começaram a morrer. O nível dos mares se elevou sensivelmente em todas as regiões do globo. As praias tornaram-se fétidas, não só pela quantidade de animais mortos trazidos pelas marés, como também pela destruição de emissários submarinos onde quer que existissem.

As cidades costeiras experimentaram inundações pelas chuvas, pela alta do mar, pelo refluxo dos esgotos. A memória olfativa fazia-o ressentir-se do hálito nauseabundo que a cidade parecia exalar. Quando chegou ao

Rio de Janeiro, quatro meses antes, para ajudar sua filha, pareceu-lhe que o ar tinha apodrecido. Mas Simone dizia que a podridão passaria em breve, o pior estava por vir. Como podia? Mais da metade dos seres humanos e sabe-se lá que porcentagem da fauna e da flora haviam sucumbido. Todavia, aquela menina estava certa. Tinha seus informantes.

Um mês após a grande mortandade marinha, o que restara dos habitantes da Cidade Maravilhosa havia terminado a limpeza da orla. Praticamente todos os trabalhos formais estavam suspensos, a economia desbaratada. Tudo em infraestrutura começara a deteriorar também. Estradas, rotas aéreas, distribuição de água e energia, produção de alimentos. O voluntariado tornara-se a ocupação de todos, porque agora enfrentavam a escassez de água potável e de mantimentos. Que ironia! Nunca se vira tanta água e tanto peixe, e nada servia para consumo. As cenas voltavam-lhe à mente com nitidez cinematográfica. A Mudança fora rápida. Nada tão pirotécnico quanto nos filmes de catástrofe, mas rápida. E muito pior do qualquer criação do cinema, porque real, dolorosa e sem super-heróis paramentados ou improvisados. O heroísmo era sobreviver a cada novo dia. No começo do caos, todos os governos tinham decretado medidas de exceção na tentativa de manter a ordem. Aos poucos, os sobreviventes tomaram consciência da gravidade do momento vivido e a ordem se instalou a partir dos indivíduos. Os saques, estupros e assassinatos tinham desaparecido, como se todos os meliantes, psicopatas, agressores em geral, tivessem sido devorados pelos vírus ou carregados pelas inundações. As pessoas que ainda andavam pelas ruas se ajudavam mutuamente. André suspirou com amargura.

A melhoria humana viera tarde demais.

Embora o ar estivesse mais limpo e sua esposa lhes tivesse enviado um carregamento quando se completavam dois meses de sua chegada ao Rio, André continuava preocupado com sua filha e netos, tão lindos. Simone lhe confidenciara ter conhecimento da previsão de um novo evento cataclísmico para breve. Queria convidar algumas pessoas e se mudar para a fazenda. Quantos poderiam levar e manter lá? Precisava ter cuidado para não causar pânico. E não, não podia adiantar do que se tratava. Os membros remanescentes de sua ONG internacional vinham se comunicando por código. O menor sinal de vazamento de informações poderia ter graves consequências para alguns deles. André consultou a esposa, poderiam abrigar até cem pessoas, mais do que isso seria impraticável. A não ser que ficassem em barracas, acampados na propriedade. Simone reagiu muito negativamente a essa hipótese. André pensou que ela temesse pelas chuvas, e aguardou os preparativos de sua filha para a partida. Estava aliviado. Ela concluiu sua lista de retirantes em três dias. Tinham obtido quase todo o combustível necessário quando uma nova tormenta se formou e desabou sobre cinco estados brasileiros com selvageria. Ficou impossível sair de casa, e muitas casas, mesmo em locais não considerados de risco, foram carregadas pela torrente. Muitas novas mortes se somaram ao inacreditável número de óbitos daquele ano.

Simone quase não dormia. O sistema de geradores da casa foi muito útil, e permitiu a comunicação com o mundo. O que restava dele. Foi bom saberem que a fazenda não sofrera grandes estragos. No entanto, as conversas reservadas de Simone com seus companheiros estrangeiros a deixavam cada vez mais apreensiva. No primeiro dia de céu azul, ela quis se arriscar nas estradas. André convenceu-a a esperar mais dois ou três dias por conta dos pequenos. Agora estava ali, sozinho no mirante, sem coragem de abrir os olhos, sem vontade de retomar a caminhada que poderia salvá-lo da hipotermia. Arrependimentos eram descabidos naquele momento. Poderiam ter sucumbido na tentativa de chegar à fazenda. O fato era que a explosão acontecera. No segundo dia de céu azul. Simone levantara, cuidara das crianças, deixara-as um pouco com o avô e correra para a unidade de comunicação. André apreciava os avanços da tecnologia. Um aparelho único fazia a função de vários mais antigos. Recebia e transmitia imagens, textos, voz. Uma beleza. Que não combinava com a expressão exibida por sua filha ao voltar do quarto. Era um misto de tristeza e resignação, uma serenidade estranha. Ela lhe disse pai, está acontecendo. E saiu às pressas, sem maiores explicações. André certificou-se de que os meninos estavam seguros e procurou notícias no aparelho. Havia manchetes, fotos, mensagens oficiais, particulares, técnicas e religiosas. O supervulcão de Yellowstone entrara em erupção com uma explosão sem precedentes.

Uma hora depois, Simone tinha abrigado quase sessenta pessoas em casa, o Monteiro fizera o mesmo, ela tinha passado informações à mãe, e estavam organizando o funcionamento de seu abrigo para as próximas semanas. Vários terremotos estavam sacudindo o globo. Chegaram a sentir fracamente os ecos de alguns deles. Levemente, mas sem engano. As placas tectônicas reagiam ao tremendo empuxo causado pela explosão.

Arriscar a estrada tornou-se impensável. André estava silenciosamente aterrorizado pela previsão do escurecimento atmosférico. Segundo os especialistas, a quantidade de poeira e cinzas que estava sendo lançada no ar pelo Demolidor, como o novo vulcão era chamado, impediria a passagem dos raios solares, provocando uma noite com duração prevista para três ou quatro semanas, e um intenso resfriamento do planeta. A noite longa começou aproximadamente quarenta e oito horas após o início da erupção. Pouco antes dela, em decorrência dos sucessivos tremores, uma gigantesca placa de terra despregou-se da costa da África ocidental. As autoridades divulgaram alertas de tsunami para todo o Atlântico. Muita gente fugiu para as regiões mais altas da cidade e outro tanto deve ter desistido da batalha. Ele e muitos outros foram para o mirante. Não havia tempo para viagens longas, não havia nada a fazer. Foram ver as ondas gigantes. Mas a escuridão chegou antes delas, como um eclipse total do céu. Decidiram voltar para seu abrigo, e de lá ouviram o estrondo do tsunami destruindo prédios, carros, postes, tudo. Só não puderam saber, apesar dos geradores e das redes de comunicação, que parte do piso oceânico tinha se elevado, impedindo um completo retorno das águas. Foi bom ignorar. As notícias seguintes mostraram tanta devastação que ele pensou em quebrar todos os aparelhos na casa. Chuvas de poeira ou cinzas, novas tempestades, novos terremotos. Dois terços da população mundial haviam desaparecido. Em seguida veio o silêncio profundo. Um recolhimento forçado. Um luto necessário, planetário.

André respirou fundo. Sentia formigamento nos pés e nas mãos. Precisava voltar para casa. Se pudesse deslizar como no sonho... e rever sua esposa sorridente... nem sabia dela. Certamente a energia elétrica acabara por lá. Há quanto tempo estava parado ali? Dois minutos? Três? Não queria mais abrir os olhos. Teve a impressão de ouvir vozes. Sussurros. Bobagem. Era o mar. Algumas lágrimas lhe desceram pelas faces. Chorava de saudade, de frio, chorava pela ausência de futuro, pelo desaparecimento de sua enseada adorada, pela humanidade, por estar sozinho o bastante para poder chorar. Não, não podia. Passou depressa as mãos enluvadas no rosto. A água que vertia pelos olhos já começava a congelar. Os sussurros voltaram. Tinha certeza. Seria o mar? Haveria alguém lá embaixo? Estremeceu. Era impossível. Apagara a lanterna rápido demais? Haveria algo a mais por ver? Ouvia sussurros, vozes distantes. Firmou a mão direita na amurada. Os murmúrios lhe pareceram mais próximos. Acendeu a lanterna mirando o mar e deixou escapar um grito de horror. As águas estavam coalhadas de corpos. Homens, mulheres, crianças, todos boiando lado a lado, alguns com braços ou pernas sobrepostos como num sinistro abraço final, e todos, todos com grandes olhos abertos, voltados diretamente para os seus, como se ainda pedissem socorro, murmurando. Ao gritar, o homem velho e abatido deixou cair a lanterna e virou-se bruscamente, escondendo com as mãos um pranto descontrolado. Soluçou por alguns instantes, até que a razão começasse a puxá-lo de volta para a realidade. Inspirou bem fundo e o ar continuava limpo. Aquela quantidade de corpos teria de provocar o cheiro horripilante que já experimentara. Estava alucinando. Podia ser o frio, o estresse. Podia ser algum remorso idiota, uma espécie de culpa por estar vivo, por estar de pé, com mais de setenta anos, no útero negro e gelado daquela noite maldita, sem saber o que fazer caso encontrasse uma saída e um mundo totalmente modificado por enfrentar. Estava alucinado e hipotérmico. Tinha de voltar rapidamente e sem sua luz.

Retirou as mãos do rosto lentamente, limpou como pôde as lágrimas e a coriza e reabriu seus olhos cansados. Percebeu uma débil claridade. Ouviu uma voz ao longe, claramente, dizendo lá está ele. Forçou a vista. Um grupo de pessoas vinha pela estrada. Ergueu a cabeça. Mais ou menos no meio do céu, uma pequena brecha na nuvem de poeira permitia a passagem de um pouco da luz do sol, àquela hora já no nascente.

A luminosidade aumentou levemente e mais pessoas surgiram na estrada. Chegavam ao mirante e ficavam estarrecidas com o novo nível do mar, com as novas ilhas do Pão de Açúcar e do Corcovado. Algumas demonstravam alívio ao ver a imagem do Redentor. Todas guardavam um silêncio respeitoso. Um dos amigos em vigília, que André deixara pedalando na cozinha, abraçou-o e chamou outros. O velho estava congelando. Aos poucos formaram um círculo de gente, bem juntos uns dos outros, à maneira dos pinguins. A luz solar crescia e André lembrou-se do sonho. A esposa sentada junto às árvores, banhada de sol, e mais duas pessoas... rostos familiares que ele não conseguia reconhecer. Talvez os caseiros. Sonho bom, bom prenúncio. A luz estava voltando, aos pouquinhos, trazendo possibilidade de vida. Seus netos poderiam crescer.

André sorriu. E sentiu-se ligeiramente envergonhado por estar subitamente tão feliz em meio à dor silenciosa daquele grupo de sobreviventes, pensando em um sonho que não contaria a ninguém. Imagine! Um sonho premonitório, o pessoal dizendo *Seu* André previu o retorno da luz. Sonhos são bobagens. Ou saudades. Tinha certeza de que, lá nas alturas mineiras, sua esposa estava segura e contente como ele pela volta à claridade. Assim que retornasse à fazenda, fariam juntos um texto, próprio para explicar o acontecido aos meninos. Talvez escrevessem um conto.

CORTINAS CERRADAS

Ah, se não tivesse o hábito arraigado de fechar todas as cortinas antes de dormir... Seu marido às vezes reclamava do escuro, do extermínio das chances de adormecer olhando estrelas através da vidraça. Ela sorria, mas fechava tudo, alegando que os olhos precisavam de um bom descanso, como o resto do corpo. Apreciava as estrelas, porém seu interesse sempre estivera mais perto do chão. As coisas da casa, a família, os animais aos quais se dedicara por ofício. E, em última análise, era por eles que estava ali. Ai, ai, parecia a Ethel, tão jovem, atropelada por conta do salto preso no asfalto. Foi o que dissera a Regina, que estava ao lado, que sempre dizia ter escapado com folga e ainda ter gritado corre, corre. Por que Ethel não tinha corrido? Existiria essa coisa de chegar a hora? Fosse como fosse, não era boa hora pra pensar nisso. Precisava arrumar um jeito de sair daquela situação.

Talvez houvesse mesmo algum determinismo misterioso. Lembrava do caso da Eliete, salva por dois milagres: o primeiro, escapar de um avião estraçalhado por bombas terroristas; o segundo, sobreviver numa ilha deserta no meio do nada, ser resgatada quase no final das buscas e ainda manter uma gravidez insuspeita. Brava Eliete. Depois teve um bebezinho com aquela anomalia genética, um nanismo tão severo que o fez nascer com 10 centímetros, embora perfeito, todo proporcional, mas tão frágil... Lutou pela vida. Mas pegou gripe e morreu com menos de um mês. Eliete nunca contou quem era o pai. Foi em frente e nunca mais tocou no assunto. Estava certa. É preciso, sempre, lutar pela vida.

Olhou a escuridão em volta e gritou, gritou muito. Dona Maria José e *seu* Alfredo deviam estar dormindo pesado, exaustos. Os dias não estavam sendo fáceis. Quando André partiu para o Rio de Janeiro, sabiam que havia o risco de não se reencontrarem, mas assim? Todos tinham sobrevivido, ela, o marido, a filha. Os dois lá, cuidando dos desamparados, ela cá, mantendo a fazenda e as pessoas dela dependentes. Podiam se reencontrar. Se não tivesse a mania de fechar tudo, não teria visto a fogueira das vacas se apagando. Não sairia da casa sozinha. E não estaria no meio daquela escuridão sem esperança, no meio do frio inacreditável, com o pé no meio de umas pedras e um tronco.

A neve recomeçara a cair. Era sempre pouca e rala, ia parar logo. O frio apertava firme. Seria a sua hora? Sentiu alguma coisa entre tristeza e nervosismo. A sensação lhe trouxe à memória as palavras de Steve Jobs, um mago do mundo dos computadores, morto quando ela ainda era menina, "a morte abre espaço para a chegada do novo". Cresceu admirando-o. Como teria sido a hora dele? Existiria mesmo uma continuação? Se houvesse, como Jobs teria se sentido num lugar quase virtual?

Nunca fora muito espiritualista. Cumpriu por décadas uma promessa feita por sua mãe a São Cosme e São

Damião. Adorava a alegria das crianças com os doces. Mas não era nada religiosa. Acreditava em ética e trabalho. Respeito e <u>esforço próprio</u>. Gritou novamente. Várias vezes. Começava a sentir um medo maiorzinho. Estava a meio caminho entre a casa grande e o curral. Ai, tinha parado no meio de tudo. Percebia uma luminosidade muito tênue escapando por frestas nas cortinas, e outra, mais intensa, na pocilga lá adiante. O fogo arrumado para os bois tinha se extinguido. Ficara o dos porcos. O resto era breu. Jamais experimentara tal escuridão.

Gritou mais forte e a garganta arranhou um pouquinho. Ouviu uns grunhidos, alguma manifestação dos animais fracamente aquecidos. Nada de insetos ou sapos. Estavam provavelmente congelados. Havia um silêncio tão pesado quanto o negror daquela noite de quase quatro semanas. Continuou gritando. Os caseiros ouviriam, era questão de insistir. Também acreditava em solidariedade. Sacudiu o medo. Queria alguma lembrança boa, solidária. Sem esforço, seu pensamento levou-a ao escritório da empresa de venda de computadores e outras geringonças tecnológicas e aos braços de seu chefe de equipe. Loucura! Aquele homem tinha cinco amantes, cientes umas das outras e da esposa e filhos. E sempre fora amado e respeitado. Era extraordinário. Tanto que, depois de sua morte, as cinco odaliscas (como se chamavam secretamente) firmaram uma amizade duradoura. Achava que ele guardava certa predileção pela Quinta (não é que o apelido tinha pegado?), mas ela negara sempre. Quando da morte dele e das dificuldades da família, ela organizara a ajuda e fizera questão de entrar com a maior parte do dinheiro. Nunca explicou o porquê.

Sentiu saudades da juventude, embora a lembrança

dos braços do Sultão (como a Quinta inventara de chamar o amante delas) lhe tivesse trazido algum calor. Gritou novamente e percebeu maior dificuldade. Já não sentia o pé preso. Sentia arrepios frequentes e leve sonolência. Não devia dormir. Isso é coisa para uma caminha bem quente. Como aquela do quarto para orgia no motel, que enrascada! Nunca contara a seu marido que a escolha da suíte se dera pela decoração, sem saber que se destinava a sexo grupal. Quando recordava aquele dia dos namorados, ele sempre elogiava o fato de haver uma cama extra, para saírem das pétalas úmidas. Viu-se outra vez vestida somente de pétalas vermelhas, refletidas no olhar dele. E uma onda de forte tristeza varreu todas as imagens, devolvendo-a à escuridão. Não tinha notícias do marido, nem da filha, nem dos netos que ansiava conhecer. Sem eletricidade, não podia recarregar a bateria da unicom. Nada de chamadas, nem mesmo só por voz. Nada de internet. Tudo silencioso e apagado, como aquelas malditas trevas.

A irritação e a tensão fizeram-na sacudir o corpo no intuito de liberar a perna presa. Percebeu muita dificuldade no movimento. Suas mãos formigavam levemente. Estava infinitamente só, como um bebê num saco preto fechado. Nunca entendera como uma mulher poderia cometer tal ato. Naquela época havia tanta gente sem filhos, tentando uma adoção... Existia razão que justificasse aquilo? Lembrava-se claramente, como se estivesse ainda no cabeleireiro, num fim de tarde de sexta-feira, ouvindo as mulheres recontando a história da menininha jogada na represa, como se lesse naquele instante as notícias que a impressionaram a ponto de fazê-la escrever um pequeno artigo para o jornal da escola. Um sucesso. É, a tragédia de um pode dar o Prêmio Pulitzer a outro. Não era assim que acontecia aos jornalistas? Era. Pelo menos até antes do vulcão. Quando fora? Três semanas? Duas? Agora, o maior prêmio que alguém podia ganhar era chegar ao dia seguinte. Dia? Completar as próximas vinte e quatro horas. Passou as mãos pelo rosto, como se quisesse tirar teias de aranha grudentas. Encontrou cristais de gelo. Acendeu a lanterna, confusa. Percebeu as unhas um pouco cianóticas. Sua temperatura devia ter caído uns dois graus. Se os caseiros não acordassem rapidamente, não escaparia. Por que a mania de fechar cortinas? Pra quê? Tanta coisa que a gente não entende... como aquela outra história, ouvida no Nordeste, da viúva sempre jovem que foi vista pela última vez correndo para as ondas, nadando como golfinho mar adentro, até desaparecer. Qual o tamanho do desespero que a conduzi-la? Curioso o povo local insistir na tese do namoro entre a viuvinha e um boto do mar... Povo ingênuo.

Novos tremores vieram, a intervalos cada vez menores. Heloíza gritou longamente por socorro. Só os porcos se agitaram lá adiante. Estava em hipotermia. Sentiu-se triste outra vez, olhou pra cima e o céu era absolutamente negro, sem estrelas, lua, meteoros. Exatamente como preconizava a nuvem imensa do dia do desastre. Chegou dois dias depois da notícia da erupção e já encontrou o pessoal da fazenda trabalhando duro nos preparativos para a noite longa, mas muita gente estava desprevenida. Recordava a azáfama, os trabalhadores assustados, necessitando de comando para tudo, o pânico dos animais, os seus próprios receios, todos confirmados.

A última coisa que vira pra valer, sob a luz do sol, fora um gavião... ou gaviã? Parecia carregar algo no bico.

Seria uma presa? Um filhote? Seria muito incomum. Jamais saberia, porque não pôde ver direito. E quando se vê o que não é visível? Veio-lhe à mente o vendedor de doces, disfarçando os pensamentos delatados pelo olhar. Via-lhe o rosto ainda, passados tantos anos. Depois daquele dia, mudou de loja, passou a comprar as coisas de Cosme e Damião em outro estabelecimento. Achou na época, e continuava achando, que sua presença levava ao vendedor humilde algum sofrimento. Seria arrogância? Nem tanta, tinha sido muito bonita. Riu com prazer. Como rira muito com a história das primas Pérola e Paola bebendo cerveja depois de uma exumação, num botequim em frente ao cemitério, enquanto sofriam um ataque de riso por conta de um cartaz de venda de imóvel. Eram espiritualistas, tinham visões. Seria mesmo? Teriam visto algo além do cartaz oferecendo lotes na mesma região onde trabalhara o falecido? E se essas coisas existissem?

Tremia muito agora. Precisava continuar pedindo socorro. No entanto, seus pensamentos confusos a arrastavam de uma memória a outra, como se sonhasse. E se visse o invisível? A vida tem tantas confusões... o pobre do filho da Vanda ficara com fama de viado por conta das intrigas de duas desmioladas, a prima e a noiva. Inveja e ciúme. Que loucura! Quando contou a patuscada toda, Ester disse estar arrependida. E daí? Arrepender-se depois de fechar a vida do outro? E a noivinha briguenta devia ter se rasgado toda ao vê-lo nas revistas, eleito Homem do Ano pelos empresários. Bonitão e multimilionário! Aí, era tarde. Quantas joias ela podia ter ganhado... podia ser cliente da Alice! A tremedeira parecia doer. Gritou novamente e saiu tudo tremido, engraçado. Estava com sono, e os olhos cor de violeta de Alice a fitavam de perto, ali do outro lado da mesa favorita na confeitaria. Abriu os olhos com força. O sabor do pãozinho doce requintado dançava em sua boca, tentando levá-la de novo ao reino dos sonhos. Precisava ficar acordada. Alice tinha sido um caso estranho. Tinham estudado na mesma universidade, embora em cursos diferentes. Depois curtiram encontros mensais, na mesma confeitaria de sempre. Ela não dava muita sorte com empregos, mas acabou se firmando como vendedora numa grande joalheria. Falava cinco idiomas, ou seis, era inteligente, a danada. Aí veio com o episódio da cliente na loja, teleportando um colar de dentro de uma vitrine fechada! Depois ela foi ficando diferente, foi se afastando, se afastando, até sumir no mundo. Antes do sumiço, ainda tinha falado em manter um bibelô parado no ar. Bobagens. E se ela tivesse roubado o tal colar? E outras peças mais? Aí teria dado um jeito de desaparecer. Deixou o emprego, tudo. Diamantes são muito tentadores. Que diamantes?

Os tremores diminuíram muito. Parecia não ter mais pernas. Estava quase certa de ter as roupas molhadas. Precisava chamar dona Maria José, só não sabia bem para quê. Era por causa dos diamantes. Sacudiu a cabeça. Alice nunca falara em diamantes. Não, era a Lúcia! A Lúcia comprara uma fazenda na cidade vizinha quase na mesma época em que eles tinham começado a Bicho do Mato. Desde então, tinham se tornado grandes amigas. Por isso ela lhe confidenciara a origem do diamante. Estava numa grotinha, bem próxima de sua plantação de eucaliptos, perto da mina d'água principal, aos pés do bambuzal. E chorou muito naquele dia, porque tinha visto o estrago que o Gildásio fizera em sua morraria na Taquaruna, matando milhares de pés de café, esfuracando tudo atrás das pedras preciosas. Lúcia achara melhor ocultar o achado, e ainda acreditava que ter uma mina de diamantes na propriedade seria muito arriscado para sua família, especialmente para Rômulo. Ela amava o marido.

Onde estaria André? Como estariam seu marido e sua filha? Queria tanto falar com eles... Uma onda de sono avassaladora fez sua cabeça pender na direção do peito. O solavanco tirou-a do torpor por alguns instantes. Precisava sair dali. Tentou gritar socorro e não dominou as sílabas. Continuou assim mesmo, qualquer som, um urro, um uivo. Quis mover os braços e não pôde. Girou o pescoço com muita dificuldade e viu luzes na casa dos caseiros. Eles tinham escutado! Berrou novamente. E chorou. De alívio, de tristeza, de saudade. Tudo seria diferente se André estivesse ali. Provavelmente, não teria se levantado para puxar as cortinas. Ele a impediria. Pelo menos a impediria de sair na escuridão. Seu companheiro, seu amigo, seu amor da vida inteira. O homem com o qual toda mulher sonha.

Tinha chamado dona Maria José? Era ela vindo lá de cima? Vinha correndo. Era o marido atrás? Havia maridos terríveis. Mas algumas mulheres conseguiam escapar. Nunca esquecera a história de dona Seca, contada por sua bisavó. Só ela e o bisavô, médico do lugarejo, conheciam a verdade. Sangue frio e chumbo quente. E Jovelina? Sempre juntas, amiga querida da faculdade, sapeca, sempre contente, um dia tomaram um porre em casa. Heloíza ficou sabendo do avião, da chantagem e, pior, da cilada armada para o padrasto. Jovelina disse que no início sofria ao ver o sofrimento da mãe. Mas tudo tinha passado quando ela se casara de novo, com um homem bom, mais velho. No dia seguinte, pediu segredo, ficou nervosa.

Claro que guardaria segredo. Primeiro, porque não tinha nada a ver com aquele peixe; segundo, porque entendia que Lina armara a coisa toda para escapar de um tubarão. Sua cabeça pendeu novamente.

Maria José e Arlindo estavam atônitos. Acordados por gritos terríveis, examinaram com suas lanternas o entorno da casa. Apressaram-se em procurar Heloíza na casa grande, sem resultado. Agora voltavam pelo caminho, discutindo se o som viera da direção dos currais ou da direção do pomar. Tiveram a impressão de perceber um movimento adiante nas trevas que os cercavam. Maria José tentou correr, mas o marido ordenou que parasse. Era perigoso demais, mesmo à luz da lanterna. Podia cair, quebrar algum osso. Retomaram a caminhada, jogando fachos luminosos ao redor. Já não temiam bichos. Na última semana, era como se tivessem desaparecido da face da Terra.

Heloíza abriu os olhos com esforço. Viu bolotas de luz à sua frente. Estaria alucinada? Outro ponto luminoso chamou sua atenção. A muito custo, virou a cabeça e viu três figuras. Ficou mais claro. Seria o sol voltando? Conhecia aquelas pessoas. Sentiu forte emoção ao reconhecer seu pai e sua mãe. O outro homem lhe parecia familiar, porém não lograva reconhecê-lo. Estava alucinada. Voltou-se para o outro lado e o escuro pareceu-lhe ainda mais compacto. No entanto, lá estavam vultos conhecidos. Eram os caseiros com suas lanternas. Tinham passado por ela, em direção aos currais. Tentou gritar sem sucesso. Procurou acender a lanterna e suas mãos não se mexeram. Tinha tanto sono... Fez um esforço enorme para se mover. Devia ter produzido algum ruído, porque Maria José e Arlindo se voltaram e lançaram suas lanternas sobre ela. Experimentou um vigor novo, um ânimo, embora respirasse com dificuldade. O que pensariam eles? Queria contar como fora estúpida ao sair por causa da fogueira das vacas, obedecera a um ímpeto, agira sem pensar. As lanternas estavam tão fortes... enxergava perfeitamente seu corpo, o galho quebrado a prender seu tornozelo, estava tudo claro. Então sentiu tomarem-lhe as mãos. Moveu o pescoço facilmente e viu sua mãe afagando-as e deixando cair a lanterna que a rigidez muscular prendia. Acesa no chão, ela melhorava o caminho para os caseiros. Heloíza percebeu estar de partida. E compreendeu que não poderia explicar aos amigos a razão de seu desastrado ato final. Ficariam sem entender, como também tanta gente desconhece as razões de tantas outras gentes que não as podem contar. Restam assim histórias íntimas, confiadas a um fiel depositário, ou reinventadas por observadores parciais, cujo âmago fica interdito aos demais. Suspirou profundamente. Ainda ouviu a voz de Maria José a gritar-lhe o nome, porém já estava serena, entregue aos afagos da mãe, e teve certeza de estar nos braços de seu pai pouco antes de sobrevir-lhe uma falência geral e um obscurecimento absoluto da visão, como se, finalmente, cerrasse todas as cortinas.

Os caseiros a alcançaram no momento daquele suspiro forte, uma expiração última. Tentaram reanimá-la, lutaram para remover o pedaço de tronco que prendia o tornozelo da patroa, e começaram o caminho de volta. Carregavam penosamente o corpo já sem vida da amiga de tantos anos, enquanto se perguntavam por que razão teria ela saído no frio e no breu. Ela mesma dizia que faltava pouco pra acabar, uma semana, talvez uns dias! Choravam e tentavam ir o mais rápido possível, açoitados pelo frio fustigante. Chegaram à casa grande e ao calor das pedras quentes sem perceber que, por uma fresta na densa camada de poeira em suspensão na atmosfera, uma débil claridade começava a surgir.

Esta obra foi composta em Minion 12/14.
Impressa com miolo em off-set 90g e capa em cartão
250g, por Createspace/ Amazon.